琼 瑶

作品大合集

昨夜之灯

琼瑶 著

作家出版社

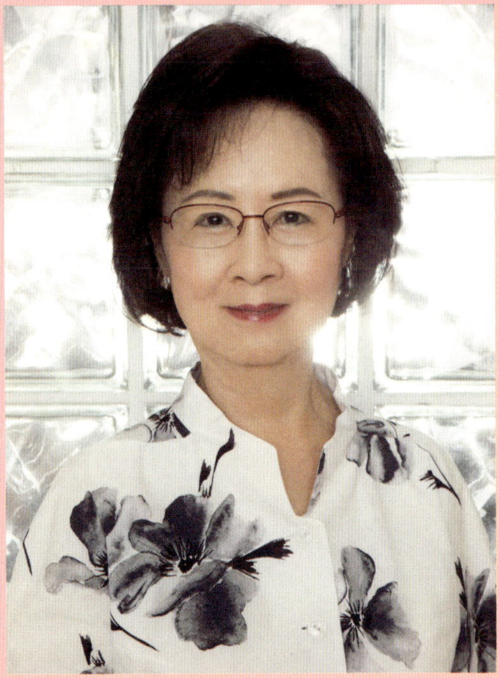

琼瑶，本名陈喆，作家、编剧、作词人、影视制作人。原籍湖南衡阳，1938年生于四川成都，1949年随父母由大陆赴台生活。16岁时以笔名心如发表小说《云影》，25岁时出版首部长篇小说《窗外》。多年来笔耕不辍，代表作包括《烟雨蒙蒙》《几度夕阳红》《彩云飞》《海鸥飞处》《心有千千结》《一帘幽梦》《在水一方》《我是一片云》《庭院深深》等。

多部作品先后改编成为电影及电视剧，琼瑶也因此步入影视产业。《六个梦》系列、《梅花三弄》系列、《还珠格格》系列等，影响至深，成为几代读者与观众共同的记忆。

琼瑶以流畅优美的文笔，编织了众多曲折动人的故事。其作品以对于梦的憧憬和爱的执着，与大众流行文化紧密结合，风靡半个多世纪，成为华文世界中极重要的文学经典。

我為愛而生，我為愛而寫
文字裡度過多少春夏秋冬
文字裡留下多少青春浪漫
人世間雖然沒有天長地久
故事裡火花燃燒愛也依舊

寶瑤

第一章

　　裴雪珂站在那家举行婚礼的餐厅前，情绪紊乱地望着门口那块大大的红牌子，上面贴着醒目的金字：

　　徐林府联姻

　　她瞪着那金字，即使已经来到了餐厅门口，她还在犹豫着是不是要走进去。看看腕表，已经快七点钟了，六时行礼，七时入席，那么，现在大概早已举行过婚礼了。可是，不，有人出来点燃鞭炮，一串爆裂声夹杂着弥漫的烟雾和火药味向她扑面而来，她才惊觉地醒悟到婚礼刚开始。"迟到"是中国人的"习惯"。她挺直背脊，下意识地深呼吸了一下。进去吧，裴雪珂！她对自己喃喃自语着。这是"徐林"府联姻，轮不到你姓裴的来怯场！徐林府联姻，徐远航娶了林雨雁。林雨雁，雨雁，雨中的雁子，带着凉凉的诗意的名字，带着凉凉的诗意的女孩！林雨雁，林雨雁，你怎么会嫁给徐远航？结婚进行曲喧嚣地响了起来，声音直达门外。哦，这是婚礼。

裴雪珂觉得自己的眼眶不争气地发热了，在这结婚礼堂外掉泪未免太没出息，太丢人现眼了。进去吧，裴雪珂。你应该有勇气参加这婚礼！终于，她推开门，走进了那大厅。立刻，她被喧闹的人声和人潮所淹没了。那么多人，那拥挤的酒席一桌一桌排列着，熙来攘往的男男女女，摩肩接踵地在走道上穿梭、找位子。挂着红绸当"招待"的亲友们，把每位来宾硬塞进每个桌子的空隙中。她举目四望，大家都忙着，似乎没人注意到她的存在。好，她暗中松了口气，希望没人认出她来，希望碰不到熟人，希望找到个安静的位子……老天，希望根本没来参加这婚礼！她低俯着头，用皮包半遮着下巴，挤进了那都是宾客的走道，眼光悄悄地巡视：有了，靠墙角那桌的客人还没坐满，而且，全桌的人都是陌生的。她挤过去，终于，她找到个背靠着墙的位子，她坐了下来。

她总算来了，她总算坐定了。她就干脆抬起头来，去看那对新人了。婚礼正举行到一半，证婚人主婚人都早已盖过章，新郎新娘也早就行过无数三鞠躬了。现在，证婚人正在致辞。什么百年好合相敬如宾的一大套陈腔滥调。裴雪珂努力去看新郎新娘，从她这个角度，只能看到新郎新娘的侧影，两人都低俯着头，新娘那美好的小鼻头微翘着，白色婚纱礼服下，是个纤小轻盈、我见犹怜的身材。新郎在悄悄地注视新娘。该死！裴雪珂咬紧嘴唇，手下意识地握着拳，指甲都陷进了肌肉里。隔得那么远，裴雪珂仍然可以感到新郎那雾雾的眼神里，带着多么炽热的感情，仍然可以看出那眼角眉梢所堆积的幸福。有这么幸福吗？真有这么幸福吗？确实有这么幸福吗？徐远航，这就是你一生里所要的吗？唯一追求的吗？真正渴望拥有的吗？徐远航？真的？真的？

她用手托起下巴，呆呆地、痴痴地、定定地、忘形地注视起新郎新娘来。证婚人冗长的致辞终于完了，一片捧场的掌声响了起来。然后，介绍人说了几句俏皮话，主婚人又说了些什么，来宾还说了些什么……裴雪珂都听不到了，那些致辞全不重要，全是无聊的。她只盯着新郎新娘看。看他们中间那层飘浮氤氲的幸福感，很抽象，很无形，很缥缈……可是，她却看得到！她带着种恼怒的、嫉妒的情绪，去体会他们之间的默契与温柔。温柔，是的，再没有更好的两个字，来形容徐远航浑身上下所披挂的那件无形大氅了。温柔。这么多的来宾，这么零乱的场合，这么喧闹的人声……都不影响他。他挺立在那儿，笃定从容，庄重镇静，而且温柔。

裴雪珂看着，定定地看着，眼里真的有雾气了。

一声"礼成"，然后是震天价响的鞭炮声、音乐声、鼓掌声……一对新人转过身子来，在漫天飞舞的彩纸屑中往休息室走去。裴雪珂本能地往后缩了缩身子，不想让新郎新娘看到她，立刻，她发现自己的动作很多余，新郎新娘彼此互挽着，踩在属于他们两个的云彩上，他们根本没看到满厅的宾客，他们更没有看到缩在屋角，渺小、孤独的她。

3

新人退下，酒席立刻开始。"上菜碗从头上落，提壶酒至耳边筛。"侍者都是第一流的特技演员，大盘子大碗纷纷从人头上面掠过，落在桌面上。汽水、可乐、果汁、绍兴酒……注满每人的杯子。裴雪珂望着面前的杯子，神思仍然飘荡在结婚进行曲的余韵里。在这一刻，她几乎没有什么思想和意识，只感到那结婚进行曲的音浪，有某种烧痛人的力量，像一小簇火焰，烧灼着她心脏的某一部分，烧得她隐隐痛楚。

"请问，"忽然间，她耳边有个声音响了起来，"你喝什么？汽水？果汁？还是来杯酒？"

她惊觉过来，像被人从梦中唤醒。她回转头，第一次去看身边坐的人。立刻，她觉得眼睛一亮，怎么，身边居然有如此"出色"的一位"人物"！那是一位男士，有很浓密的头发，一张有棱有角的脸，下颔方方的，眉毛黑而重，眼睛很大，眼珠在烟雾腾腾中显得雾雾的，鼻子不高，鼻梁却很挺，嘴巴宽而有个性。他正盯着她看，眼光有些深沉而带点研判性。他并不掩饰自己对她的注意，丝毫都不掩饰，太不掩饰了。她陡地发觉到，自己必然失态了很久，一屋子都是高高兴兴参加婚礼的人，唯独她寂寞。这男士显然已经狠狠地研究过她一阵子了，才会开口和她说话。她为自己的失神有些狼狈，有些不安。不过，她恢复得很快，在陌生人面前，她很能武装自己。"可乐。"她微笑，礼貌地笑，"谢谢你。"

那男士为她倒满了杯子，也礼貌地笑了笑。一面，他为她拿了一汤匙的松子，和两个虾球。

"吃一点吧！"他说，好像他是主人，"结婚酒席很难吃饱。何况，不吃白不吃。""谢谢，我自己来。"她慌忙说。新奇地看他一眼，对于他那句"不吃白不吃"倒很有同感，既来之，则吃之！她对满桌扫了一眼，没有一个熟人，不吃白不吃！她为自己拿了每样菜。转过头，她看他，搭讪着想问他要吃什么，这才发现，他虽然叫她"不吃白不吃"，他自己的盘子里却空空如也。而且，他现在既不提筷子，也不倒饮料，反而慢腾腾地点燃了一支烟，深抽了口烟，他的眼光不再看她，也不看桌面，却直勾勾地、出神地望起前方来。烟雾从他鼻孔中袅袅喷出，立即缭绕弥漫开来。他眼神中有某种专注的神采，使她不得不跟踪他的视线看去。立刻，她微微一震，原来，新郎新娘已换了服装，从休息室里走出来了。

　　宾客们有一阵骚动，碗筷叮当声搭配着掌声。裴雪珂看着新娘，她换了件水红色长旗袍，胸前绣着一对银雁，下摆上绣着一丛银色芦苇，好设计！裴雪珂几乎想喝彩，怎么想得出来，林雨雁！她把自己的名字暗藏在旗袍中，又包含了"比翼双飞"的意义，而且，那水红色缎子配着银丝线，说不出来的雅致，说不出来的脱俗！再加上，雨雁那颀长的身材，不盈一握的腰肢、窄窄的肩，和那披垂着的如云长发……天！她真美！她的脸庞也美得脱俗，不像一般新娘浓妆艳抹，她的妆很淡很淡。越是淡，越显出她的青春，越是淡，越显出她的娇嫩。她看起来那么年轻，似乎只有十六岁。虽然，裴雪珂知道林雨雁和她是同年生的，今年二十岁。

　　她很费力才把眼光从雨雁身上移到新郎身上，在林雨雁那清纯灵秀的美丽之下，新郎似乎没有什么特别出色之处。

除了他那份醉死人的温柔。他是酒！他是杯又醇又够味的酒！他浑身都散发着那种酒的力量。酒。裴雪珂苦涩地想着，酒的力量很神奇，从远古到今天，历史的记载上都有酒。酒让人醉，酒让人迷，酒让人喜欢，从古至今，由中而外。酒的力量超越时空，无远弗届。

那对新人姗姗然走过走道，走向远处的首席上去了。裴雪珂终于收回了视线，心里酸酸的、乱乱的。她勉强地集中精神，想起隔壁那位男士来了。回过头，她想说什么，却蓦然发现，他面前的碟子里依然空无一物，而他那深沉的目光，依旧幽幽渐渐地追随着那对新人，沉落在远方的红烛之下。他抽着烟，不停地抽着，把烟雾扩散得满桌都是。他那浓眉底下，专注的眼神里盛载了令人惊奇的寥落。噢！裴雪珂由心底震动。一屋子高高兴兴参加婚礼的人，怎么唯独你寂寞？

冷盘撤下，热炒上场。

热炒撤下，鱼翅上场。

鱼翅撤下，烤鸭上场。

裴雪珂不再研究新郎新娘，她看着隔壁的陌生人。当烤鸭再被拿下去，换上糖醋黄鱼的时候，她忍无可忍地开了口：

"你真预备抽一肚子烟回去？把鸡鸭鱼肉都放掉？"

他收回了目光。好不容易，他看到她了。

"别说我，"他哼了一声，"你也没吃！"

真的。他提醒了她。她盘子里依然只有那几样菜，而且都原封未动。她看看盘子，看看他。看看他再看看盘子，心里有点迷惑,有点惊奇,有点混乱。

"你姓什么?"他忽然问,靠在墙上,伸长了腿,又喷出一口浓浓的烟雾,"你是男方的客人,还是女方的客人?"

"我姓裴,"她爽快地回答,盯着他,"我是男方的客人,你呢?""女方的。"他答得很简短。

"嗯。"她喝了一口可乐,觉得自己一点也不饿,只是口干,想喝水。空气太坏,何况,有人拼命抽烟,想制造空气污染!"新娘很漂亮。"她轻声说。

"不仅仅是漂亮。"他说,一缕细细的烟雾从他嘴中嘘出来,慢腾腾、轻柔柔,若有若无地从人头上掠过去,飘散了。"她很有气质,很纯洁,很细致,很脱俗……只是,她追求的,仍然是世俗的、最平凡的东西!"

"呃。"她怔了怔,有些发愣,她瞪着眼前这男人,老天,这男人的眼光多深邃,多幽暗,多含蓄,又多镇定,在这么多宾客间,他身上怎会有种"遗世独立"的、超越一切的"东西"?这"东西"是什么?何以名之?"高贵"?是"高贵"吗?她不能肯定。唯一肯定的,是他有那种说不出来的吸引人的地方,与众不同的地方。"怎么说?"她追问,不由自主地盯着他那带着抹沉思意味的眼睛,"怎么说?什么是最世俗和最平凡的?""婚姻,"他不假思索地脱口而出,眼光从一对新人身上掠到大厅之中,很快就扫过了满堂宾客,"你看看今天的来宾吧!看看这些人!大家彼此不认识,只为了两个傻瓜要把自己拴在一起,我们就跑来喝喜酒!喜酒!哼!"他从鼻孔中不满地轻哼着。"天下没有比婚姻更无聊的游戏!喜酒，它不一定是个喜剧的结束，很可能是个悲剧的开始！"

"噢！"她有些震动，同时，也有股愤怒与不平从胸中直接地涌出来。她代徐远航和林雨雁生气，怎么会请了这样一位在婚礼上大放厥词，说各种"不吉利"的言语，目中无人而又鲁莽的家伙？"你如果讨厌婚礼，你就不必来参加！犯不着去咒别人！""哦！"他哑然，神色一正，眼光立刻从大厅中收回，集中到她脸上来了。一时间，他的眼神和面容都变得相当严肃，相当正经了。他注视她，再一次，他在狠狠地、仔细地，毫无忌惮，也毫不掩饰地研判她。她觉得自己脸孔上所有的优点缺点，以及情绪上所有的矛盾紊乱……都无法在他的眼光下遁形了。"我并不要诅咒任何人！"他坦白地、认真地说，"我只在讨论婚姻的本身。你太年轻，你还不懂得人生的复杂，你知道……新郎并不是第一次结婚，你是男方客人，当然知道！""嗯！"她哼着，"怎样呢？"

"他离过婚。"他再说。

"嗯，"她又哼了声，"怎样呢？"

他微俯下头，审视她的脸庞。

"这是你的口头语吗？"他问。

"什么？""怎样呢？"他重复这三个字，"你说'怎样呢'像在说口头语。你的眼睛和表情已经同意了我的观点，你只是习惯性地要说一句怎样呢！怎样呢？"他摇头，"没怎样。在结婚证书上盖章不能保障爱情，徐远航应该了解，却一做再做。林雨雁天真幼稚，傻里傻气地披上婚纱……"他更深刻地摇头，"无聊的游戏！""不要随便批评！"她忽然生气了。这陌生人是谁？不论他是谁，他无权在婚礼中贬低新郎。更无权对一个像她这样"素昧平生"的女客谈及新郎的过去历史。太过分了！实在太过分了。何况，徐远航不是魔鬼，林雨雁也不是"误入歧途"的圣女。婚姻是双方面的"捕捉"，徐远航才是林雨雁的猎获物呢！"少为林雨雁抱不平！"她恼怒地说，"她能捉住徐远航，是她的本领，能让徐远航心甘情愿走上结婚礼堂，是她的聪明。在这婚姻里，她有损失吗？她有吗？"

"呃，"他怔了怔，直视她，"你的火气很大。"他率直地说。率直地再问了三个字："怎么了？"

她睁大眼睛："什么怎么了？口头语吗？"

"噢！"他忽然笑了。她愣住了。第一次看到他笑，她必须承认，他的笑容很动人。这个男人，确实很"出色"！她一生中，还没碰到过第一次见面就让她迷惑的男性。"你在生气。"他说，收起了笑容，"从你悄悄溜进礼堂，像个小偷似的溜到这儿坐下，我就注意了你，你一直落落寡合，像你这么……这么……"他深思地要找一个合适的形容词，"这么'出色'的女孩！……"她震了震。出色？唉！他怎能用"出色"两个字来形容她，太"重"了。唉！她喜欢这两字！唉！她是个多么虚荣的女孩，会被一个陌生人打动！唉！她凝视他，他眼中更多添了几许专注。"你不该一个人来这儿！"他继续说。"你在生气，为什么？你在生林雨雁的气。她怎么得罪了你？"他坦率地问，坦率得让人无法抗拒。"因为她嫁给了徐远航！"她不假思索地冲口而出。立刻，她后悔

9

了,把嘴巴紧紧地闭住,她有些慌乱地看着他。怎么了?自己发痴了吗?这句话是不该说也不能说的,何况在"女方客人"面前?她睁大眼睛,心思蓦然间跑得很远。上学期上心理学,教授说言语由大脑控制,见鬼!言语和大脑无关,它由"情绪"控制!他瞪着她,很仔细地看她,好像要读出她这句话以外的故事。她以为他真能读出来,就更加慌乱了。她呆愣愣地坐着,一时间,脑子拒绝去接触眼前这个场面,也拒绝去接触眼前这个人。但是,她知道,时间不会为她停驻,婚礼的每一步骤仍然在进行中。宾客又骚动了,掌声又起了。她突然惊醒过来,发现新娘又换了新装,一件曳地的晚礼服,由大红与金线相织而成,华丽如火。而新郎搀着她,正挨桌敬酒。每到一桌,就引起一阵欢呼叫嚷,眼看着,就要敬到自己这一桌来了。

　　身边的男士忽然熄灭了烟蒂,很快地,他一把握住了她的手腕:"我看,我们在他们来敬酒以前,先溜掉吧!"

　　真的!完全同意!她立刻站了起来。必须溜掉,必须在这对"新人"来敬酒以前溜掉。否则,她不知道自己那由"情绪"控制的舌头会吐出些什么失礼的句子来。她看了他一眼,在这一瞬间,觉得这位陌生人实在是"解人"极了。他握住她的手腕,带着她穿过觥筹交错、笑语喧哗的人群,小心地为她拉开那些挡路的圆凳,把她一口气带出餐厅,带到街灯闪烁的街头来了。迎着凉爽而清新的夜风,她忍不住深深地、深深地、深深地连吸了好几口气。挺了挺背脊,觉得刚刚的婚礼,像一场灾难,她总算逃离了那灾难现场。她走着，在那铺着红砖的人行道上走着。脚步逐渐放慢了。

"裴什么?"他忽然问。

她一惊，才发现他仍然握着她的手腕，只是，握得很轻，握得很有礼。不，不是"握"，而是"扶"。她回头好奇地看看他，夜色中，他鼻梁上有一道光，眼睛闪亮，街灯就闪在他头顶上，把他的头发都照亮了。他有一头很黑很浓密的头发，那对眼睛……唉！他有对很生动很明亮的眼睛！唉！他真是非常非常"出色"的！

"裴雪珂！"她机械似的回答，"同学们都叫我小裴。"

"还在念书吗?""大二。辅大，大众传播系。"她一股脑儿说了出来，就差报上生辰八字。"裴雪珂，小裴。"他自语似的念着。

她站定了，抬头仰望他，他比她高了一个头，她觉得自己颇为渺小。"你呢?""叶刚。"他直望着她，"树叶的叶，刚强的刚，听过这名字吗？你可能听过！""你是名人吗？"她有些错愕，有些惭愧，她为自己的无知抱歉，"两个字分开，常常听到看到，两个字在一起，不太认得。"他更深地看她，眼底闪烁着光芒。

"没关系，你现在认得我了。"他温和地说，温和而有气度，似乎原谅了她的无知。

"我为什么应该听过你的名字？"她坦白追问。

他站着，背靠着街灯，他的眼光深沉，灯光下，黝黑的皮肤被染白了。他唇边浮起一个古怪的表情，像笑，但，不是笑，是一种近乎苦涩和自嘲的表情。

"因为我们两个一起参加了那场灾难。"他说,他用了"灾难"两字,使她心头一阵悸动,对他而言,那婚礼也是一场"灾难"吗?"我认为,你或者听过我的名字,并不是说你应该知道我的名字。""我还是不懂。"她困惑着。

"认得雨雁的人都知道我。"

"我不认得林雨雁。""你只认得徐远航?""是。"她苦恼地舔舔嘴唇,"你,显然也只认得林雨雁。"

"为什么?""因为——认得徐远航的人都知道我。"

他眉头微蹙,身子僵直。然后,他们重新彼此打量,重新彼此估价,重新彼此猜测,也重新彼此认识……好一会儿,他才哑哑地开口:"我们最好都挑明吧!徐远航是你什么人?"

"先回答我,林雨雁是你什么人?"

"你早就猜到了,"他沉声说,"她——是我的——女朋友。"她定睛看他,认真地看他。

"你是说——"她不相信地瞪着他,"徐远航把她从你手中抢走了。""可以这么说。"

她愕然,潜意识里,或者有这种猜测,明意识里,却无法有这种认可。她抬起头,由上到下地打量他,从他那头顶闪光的发丝,一直看到他那踢损了皮的鞋尖。然后,又从他的鞋尖,再看到他的脸。那宽宽的额,平滑,没有皱纹。他有多大?看不出来,她从来就看不出男人的年龄!可是,他还年轻,不会超过三十岁!那宽阔的肩、挺直的背脊、平坦的腹部、长长的腿……她虽看不到他的内涵,起码能看到他的外表。他是优秀的！而徐远航居然把林雨雁从他手中抢走了。徐远航是酒，酒能让人醉，超越时间，无远弗届！

"轮到你了。"他打断她的冥想，"不要这样盯着我看！我输得起！"他挑起眉毛，眼光认真地看着她。

"嗯。"她哼着，"你输得起，我也看得出来。"

"你呢？"他追问，"难道是徐远航的女朋友？"

"不。"她清晰地吐出来，"完全不是！"

"哦？"他疑问道。"不是？"他傻傻地问。

"不是。""那么，你……暗恋他？"

"不是。""不是？"他咬嘴唇……"那么……"

"我是他的女儿！"她更清楚地说。

"什么？"他惊跳着。"不是！"他叫着。

"是！"她有力地回答，"徐远航是我父亲！你既然知道他离过婚，怎么不知道他有个已经念大学二年级的女儿！我从小跟妈妈，所以也跟妈妈姓裴。我反对林雨雁，因为她太小，她和我一样大！我不能接受这件事……""唔，"他哼着，"我也不能接受这件事！别告诉我，徐远航已经有一个像你这么大的女儿！不可能！"

"绝对可能！"她肯定地说，"因为我在这儿！难道你不知道，我爸爸已经四十五岁了！"

他的头往后仰，靠在路边的电线杆上。

"现在，我有些输不起了。"他说。

她站在他面前，凝视他。

他们彼此凝视着。然后，他忽然站直了身子，丢掉了手

13

中的烟蒂。他抬了抬头，挺了挺胸，深呼吸了一口空气，他振作了一下，强作欢颜，他笑笑说："你猜怎么？我想找个地方喝杯酒！"

"哈！"她皱眉，又耸了耸肩，"在刚刚离开酒席之后，你想喝酒？""是。""正好，"她点点头，"我也想找个地方，好好地吃它一顿！"

第二章

　　这家餐厅舒服多了。足足有二十分钟,他们两个什么话都不说,只是埋着头苦吃,两人都吃得很多,他报销了一整容速食,她吃掉了一大盘咖喱鸡饭。然后,他们两人的气色和精神都好多了,裴雪珂再一次证实自己的看法,原来精神上的委顿也受肉体的影响,怪不得害忧郁症的人十个有九个是瘦子。

　　咖啡送来了,咖啡真好,咖啡的香味就有提神和振奋的作用。她机械性地在咖啡杯里丢进两块方糖,倒了牛奶,用小匙搅动着。她注视着那杯里的涟漪和漩涡,不用抬头,她知道他又抽起烟来了,雾缓慢地游过来,和咖啡的热气搅在一起,两种香味混淆着;咖啡和烟,她皱着鼻子嗅了嗅,奇怪,咖啡和烟,这两种香味居然有某种协调,某种令人安宁的协调。"我真弄不懂你,"他忽然开了口,声音不大,却仍然吓了她一跳,"你干吗去参加那个婚礼?我打赌你……父亲，呃，那位徐老先生并不希望你在场来提醒他有多老！幸亏我把你带走了，否则，你预备在那儿干吗？等着喊雨雁一声'妈妈'？"

"不许说我爸爸是老先生！"她挑衅地说，瞪圆了眼睛，"你自己也知道，爸爸不老。他成熟、稳重、风度翩翩。亲切、儒雅，而且温柔。非常非常温柔。他这种温柔气度，使他成为一位国王，他是事业的成功者，情场的成功者。"她瞪着他："你不要输不起！"他回瞪她，喷着烟雾，眼神里有种若有所思的神情。

"你是个矛盾而古怪的女孩！"

"怎么？""你带着满腹怨气去参加那婚礼，你恨你父亲，你恨林雨雁，可是，你也受不了别人骂他们。"

"是，"她直视他，"我受不了。"

他皱皱眉，斜睨她，忽然扑近她，仔细看了看她的眼睛和面庞。"喂，小裴，"他说，"你确定那位徐远航是你父亲吗？你有没有弄错？如果你说他是你的男朋友，我比较容易接受。"

"他是我父亲！"她认真地说，"不过我六岁就离开他了，妈妈和他离婚的主要原因，就是他永远有女朋友，永远受异性的欢迎。妈妈常说，爸爸是不该结婚的，可是，他居然又结婚了！这就是我弄不懂的原因！他大可以和林雨雁交朋友，同居，只要不结婚……"

"雨雁不是那种女孩。"叶刚低沉地说，"她不是。她出身书香之家，有太良好的教养，太多传统的教育，再加上满脑筋奇笨无比的道德观！如果她肯和男人同居，就轮不到你父亲来娶她了！""你在暗示什么？""我不暗示，我明讲。如果我肯娶雨雁，如果我肯和她走上结婚礼堂，也就没有徐远航了！"

"哦？"她转动眼珠，扬起睫毛，"原来林雨雁是你不要的女孩，是你不肯娶的女孩，她无可奈何，想嫁人想疯了，就抓上我爸爸来填空了？"她啜着咖啡，很可爱地去吹散那咖啡杯上的热蒸汽。"叶刚，"她第一次叫这名字，居然蛮顺口的，"你猜怎么？""怎么？""你如果不是阿Q，你就根本没输！"

"解释一下。""阿Q挨了打，就说：'就算王八蛋打我的！老子不爱还手，如果我肯还手……'"

"不必告诉我阿Q是什么，这个我还懂。"他玩着手里的打火机，斜靠在沙发中，眼光幽幽地停在她脸上。"解释下面一句。""如果你不是阿Q，那么，你说的都是真话。因为你不肯娶林雨雁，所以她另外择人而嫁。那么，你输掉了什么？一个你根本不真正想要的女孩？"

他皱起了眉头。"慢点！"他说，"你把'要'和'婚姻'混为一谈了。这是最普通的错误，难道只有结婚，才表示你真正想要一个女孩？"她有些困惑。"难道不是？"她反问。

"当然不是！"他接口，"婚姻是人订的法律程式，是男女两个人彼此签一张随时可以解约的合约。恋爱要签约，表示彼此根本不信任。如果彼此不信任，结婚有什么用？你的母亲曾经是徐远航的太太，对吗？而你，今晚参加了一个婚礼，眼看另一个女孩变成徐太太……哈！"他大大摇头。"瞧！人类多么会用各种方法，把彼此的关系变得复杂！制造矛盾，制造问题，制造痛苦，制造烦恼！你，"他深刻地盯着她，"就是一个例子！""我想，"她舔舔嘴唇，蹙着眉，"我们在谈你，而不是谈我！""哦，是的。"他自嘲地笑笑，"我们在谈我。叶刚失恋记。"

"你没失恋，你没有。"

"我没有？"他反问。"我觉得你没有。""你觉得？"他再反问。语气很认真。

"你……"她扑向他，把咖啡杯推远了一些，她忽然有些热切，热切地想要说服他什么，证明他什么，"你并不真正想要林雨雁吧？你真正想要吗？我觉得……像你这种男人，如果下定决心，真正要一件东西的话，你就不会失去。所以，我觉得，你实在没有失去什么。"

他静静地看她。好一会儿没说话。

"你知不知道，"终于，他慢吞吞地开了口，"你是个非常非常可爱而善良的女孩！"

她的脸孔蓦然间发热了。生平第一次，被一位男士如此直截了当地恭维，使她立刻羞涩起来。而和羞涩同时涌上心头的，还有种微妙的喜悦和满足感。

"你有一些说服了我，"他低叹着，"最起码，你让我觉得比较安慰。我想，在某一方面来说，你是对的……"他侧着头沉思，眼光忽然变得深不可测，变得凝重，变得遥远起来。"我大概从来没有真正要过林雨雁。"

"我想……"她羞涩而直率地接口,"你这个人有些古怪,你大概没有真正要过任何女孩吧?"

"叮"的一声,他手中的打火机掉到地上去了。他弯下身子,去拾起打火机。等他再直起身子的时候,他脸上整个的线条都变了。他的眼光倏然冷漠,嘴角向下垂,露出唇边两条深深的纹路,他的眉头蹙着,眉心竖起了好几道刻痕。他的眼睛在灯光的照射下,变得灰蒙蒙的,眼珠不再乌黑,而转为一种暗暗的灰褐色。他的背脊挺得笔直,脸色里的温暖、真挚,和那种一见如故的热情,突然之间,就消失得无影无踪了。不知为了什么,像有个铁制的面具,朝他当头罩下,他忽然武装起来了。全身全心都武装起来了。他开了口,声音冷冷的如冰铁铿然相撞:"你想干什么?对一个陌生人追根究底?你一向都这么有兴趣研究初认识的人吗?你不觉得你太随和,随和得过了分吗?"她如同挨了一棍,睁大眼睛,她不信任地盯着他。他说些什么?他怎能在前一分钟赞美她,立刻又在后一分钟羞辱她!他怎么如此易变、易怒,而又难以捉摸?陌生人,是的!这是个她完全不认识的陌生人!她居然跟他走出一家餐厅,再走进另一家餐厅?她是太随和了!太容易相处了!随和得近乎随便了!她顿时就涨红了脸,鼓起双颊,她从座位上直跳起来,跳得那么急,差点打翻了咖啡杯。她拿起手提包,一语不发,转身就要往外走。他跟着跳起身子,说:

"你吃饱了?要走了?"

她收住脚步,讶然看他。难道他以为她要骗他一顿吃喝吗？世界上怎有如此可恶的人呢？她劈手就去抢他手里的账单，怒气冲冲地说："我们各付各的账！""悉听尊便！"他淡淡地说，让开身子，让她走在前面，一副冷漠、傲慢、高高在上的样子。

他是什么人？自大狂？疯子？阿Q？混账！

她咬牙，抬高下巴，直冲到柜台前面。他跟了过来，拿账单看。他们很认真地分清楚账，各人付了各人的。那柜台小姐一直好奇地看着他们，又好心地笑着，大概以为他们是一对正在吵架的情侣。倒霉！真倒霉！她想着，参加什么倒霉婚礼！遇到什么倒霉人物！她真想对那柜台小姐大叫：我根本不认识这个神经病！可是，不认识，你却跟他有说有笑又吃又喝了啊！冲出了餐厅，夜风又温柔地卷过来了。台湾初秋的夜，是标标准准的"已凉天气未寒时"。这种夜，是属于年轻人的，这种夜，是属于知己和情人的。可惜她身边站着个神经病！神经病！是的，她回头看，那神经病真的在她身后跟着呢！低垂着头，他神思不属地跟着她，脸上的冷漠已不知何时消失了，他半咬着唇，沉吟不语。有份难解的沮丧和落寞感，压在他肩上，堆在他眉端，罩在他全身上下，涌在他眼底唇边。就这么走出餐厅的一瞬间，他又变了，变成另一个人了。她瞪他一眼，没被他的外表蛊惑，她恼怒地嚷："你跟着我干什么？不会走你自己的路吗？"

"噢！"他好像大梦初觉，抬起头来，他看了看她，眼光是深切而古怪的。然后，他硬生生地转过身子去，硬生生地抛下一句话来："那么，再见！"

他背对着她的方向，大踏步地向那夜雾弥漫的街头走去，身子有些僵硬，脚步有些沉重。街灯把他的背影长长地投在地上，越拉越长。这街灯、这夜雾、这背影，烘托出一种难绘难描的气氛：有些孤寂、有些苍凉。

她站在那儿，目送着他的背影发怔。奇怪，刚刚她真恨死他，恨死他那突发的刻薄和莫名其妙。现在，她却觉得有些同情他，同情他那突发的刻薄和莫名其妙。好一会儿，他的人已经走远了，她才回过神来。叹了口气，她被他那种萧索、落寞和苍凉所传染，忽然就觉得有说不出的孤独、说不出的惆怅、说不出的苦涩和迷惘。她开始沿着人行道，慢吞吞地往前走。走了不知多久，她听到背后有脚步声，她本能地一回头，叶刚刹住脚步，定定地停在她面前了。眼光直直地望着她。"我追过来，告诉你两句话。"他说，声音哑哑的、温柔的，像夜风。她睁大眼睛，瞪着他，不说话。

"第一句，我很抱歉。我并不是安心要让你难堪，我突然间不能控制自己，你必须了解，你很好。"他眼光温柔如水。"今晚，我很失常，表现恶劣，那都是……"他顿了顿，"那个婚礼的关系。"她继续看着他，有些被感动了，心里有某种柔软的东西在悸动，但她仍然固执地沉默着。

"第二句，我很高兴认识你。"他停了停，眼底掠过一丝近乎苦恼的、挣扎的、矛盾的神色。他吸了口气，勉强地微笑："我们绝对是来自两个不同的世界，却在同一个婚礼中遇到了，我有我的失意，你有你的不满。总之，在目前这一瞬间，我们绝对有相同的落寞感，对不对？"

她闪动睫毛,眼眶微润,仍然不开口。

"所以,第三句……"

"你说……只有两句话!"她忍不住开了口,心里已完全软化了。他那突发的刻薄,他那突发的神经病,都不重要了。重要的只是这一刻的感觉,这种"相逢何必曾相识"的感觉。

"我说过只有两句话?"他愕然地问,愕然得有些夸张,很可爱的夸张。"嗯,瞧,我今晚语无伦次,对数位都算不清了,亏我还是学电脑的!""电脑?"她好奇地重复了一句,电脑是很遥远的东西、很陌生的东西。"电脑,比人脑好一百倍的东西。"他说,"电脑是机械化的,没有人脑的感性,也没有人脑的痛苦。它不会自己给自己找麻烦。""哦?"她的眼睛睁得更大了,有些天真,"可是,电脑还是要人脑操纵。""唔,"他哼着,笑意堆在唇边,"你真是个很烦人的女孩子,反应又快,说话又直率。好了,不管我说了几句话了,我追回来,主要是来告诉你,现在才只有九点钟。我们各回各的家,可能都有个很不好受的漫漫长夜。我想逃避,你呢?"

她点点头,被动地看着他。

"那么,去音乐城,好吗?"他小心翼翼地问,"那儿可以跳舞,可以听音乐。我们不必再谈什么,如果你认为我是阿Q,是疯子,是神经病,是喜怒无常的自大狂,是什么都没关系!我们去跳舞,让我们暂且忘记一些该忘记的事!"

她惊讶地看他,这是什么人?他会阅读别人的思想吗?"读心人",一本翻译小说的书名。读心人!这个人也是读心人!他读出她心中暗骂他的各种名词。可怕!

22

"怎样？去吗？"他再问。

去吗？当然要去！哪怕以后再不相见，仅仅为了打发这个落寞而惆怅的夜，仅仅为了这相遇的缘分，仅仅为了他去而复返的一份诚意，仅仅为了他说了一句话、两句话、三句话、四句话……这么多句话，也值得去的！值得去的！

于是，他们去了音乐城。于是，他们跳了一个晚上的舞。于是，他们也一起笑了，一起乐了，一起忘了一些该忘的事。总之，他们在音乐声中，灯光之下，度过了一个安详、温柔，带着点淡淡的忧伤、淡淡的哀愁、淡淡的酒意的夜晚。

那夜晚还带着点浪漫气息，淡淡的浪漫气息。

第三章

很多很多日子以后，裴雪珂还是常常记起那个夜晚。但是，时间的轮子不停不停地转，生活总是那样单调而规律地滑过去。叶刚从她生活中消失了，本来，那晚他们就知道，彼此之间既没有过去也没有未来。因为，他们的认识太意外，关系太微妙。他们谁也不想去制造未来。

那晚的一切都成过去，居然没有再演变出下一章。裴雪珂偶尔想起来，也会有点异样的感觉。那晚，他们交换过姓名。他还曾送她回到公寓门口。虽然他没有追问她住几楼几号和电话号码，可是，如果安心想探索她的一切，实在是太容易太容易了。可是，他没有去探索，也没有去发展。

叶刚，这个名字在裴雪珂的生命里逐渐淡化，在记忆里也逐渐淡化。大学二年级的生活，是那么丰富的，那么多彩多姿的，那么忙碌而又那么充实的，那么充满了梦幻又充满了理想的，她忙着，忙着，忘了叶刚。

雪珂和母亲住在一栋大厦的六楼，是个小单元，三十几平方米的房子，母亲早出晚归地上班，是个标准的职业妇女，最体贴解人的母亲。雪珂下课回家，常和母亲抢着做晚餐，母女共餐的一刻，是每日最温馨的时间。裴书盈——雪珂的母亲——人如其名，带着满身的书卷味，满心的关怀，细细倾听雪珂述说学校中种种趣事，同学们种种宝事，教授们种种怪事，生活中种种驴事……听的人含笑，说的人含笑，日子就在甜蜜中流逝。当然，雪珂每个月总抽一天去和父亲共进晚餐，这是六岁以来就持续的习惯，是彼此的权利和义务。但是，徐远航再婚后，这聚餐只维持了两三次就不再继续了。雪珂的理由是："我不知道怎么称呼林雨雁，什么都变得怪怪的！我就受不了这种怪怪的气氛！"她不再和徐远航吃饭，彼此变成了电话联络。父女的血缘关系最后就靠一根电线来维持，生命是奇妙的！

　　生命真的是奇妙的，尤其，在唐万里闯进了雪珂的世界以后。唐万里！唐万里是大三的同学，在学校里一直是风云人物。他没有一八〇的身高，看起来似乎超过一八〇，因为他两条腿又瘦又长。皮肤被太阳晒得又红又黑，游泳池里是把好手，游起泳来活像落水大蜘蛛，长腿长手在水里乱划乱伸，居然游得飞快。他并不漂亮，下巴太方，嘴巴太大，又戴了副近视眼镜。但他生来就有种滑稽相，能言善道，会让人开心。他又会弹吉他、作曲、唱民歌，常常上电视，综艺一〇〇里也曾露相。而且，他写得一手好文章，最擅长打油诗，会骂教授，会作弊，也会考第一名，每年拿奖学金。学校里每次演话剧，他一定参加演出，总是演配角，也总是把主角的戏吃得干干净净。唐万里是个人物。全校都知道唐万里是个人物，他身边也没少过女孩子。只是他外务太多，年纪太轻，他对谁都定不下心来。裴雪珂从进大一就认识他，却从没把他放在心上。他看裴雪珂，也像看万家灯火中的一盏小灯，从不觉得它特别亮。但是，人生许多事，都可能在某日某时某个瞬间有了变化，尤其是男孩和女孩。事情的起源是学校突然要考游泳。这时代的男女青年，大概十个有九个半会游泳，裴雪珂偏偏就是那半个不会的。不会游泳不说，裴雪珂对游泳还视为畏途。体育要考，她就吓呆了。她最要好的女同学郑洁彬游泳、打网球样样精，笑着对她嚷嚷："怕什么怕！你只要买件游泳衣换上，走到游泳池里去泡泡水，我包你就一定'过'！这年头，没听说念文学院的人会因为游泳而留级！""过"是"及格"的代名词，自从念大学以后，大家只问功课"过"不"过"，不问"好"不"好"。

"真的？"雪珂担心极了，"如果不能过，连重修都不行呢！"

"真的！真的！"郑洁彬一迭连声喊，"体育老师不会刁难我们，不信，你问阿光！"

阿光是三年级的男生，和唐万里他们是一伙的，也是弹吉他唱民歌的好手。早就通过了游泳考试。

"裴雪珂，"阿光一本正经地问，"你会不会洗澡？""要命！"裴雪珂笑着，"谁不会洗澡？"

"只要会洗澡，就一定过！"阿光说，"你穿上游泳衣，就当是去澡盆洗澡,走进游泳池,伸伸手伸伸脚就可以了!只是,千万别擦肥皂!"大家大笑,雪珂也大笑。

好,就当是洗澡!考游泳没什么了不起!反正只要泡泡水,就一定"过"!于是,到了考试那一天。

游泳池边挤满了同学,本来男生和女生是分开考试的,但那天是周末,天气又热,很多不考试的同学也来戏水。于是,池边男女同学、高班低班的都有。体育老师要考试,一些在戏水的同学就让出游泳池,坐在池边旁观,这些旁观者中,阿光和唐万里都在。还有唐万里的一群死党,阿文、阿礼、阿修。裴雪珂换上了一件新买的游泳衣,妈妈去买的,要命地好看,黑底上镶着桃红及粉紫色的边。裴书盈只管给女儿买件漂亮的游泳衣,可不管女儿会不会游泳。雪珂排在一群同学间,眼看每个同学都轻松地跃下水,轻松地划动,轻松地笑着闹着,"轻松"地就过了关。她不知怎么,越来越紧张,越来越手足无措了。终于,轮到她了。她在池边一站,看到了浮动的水波,头就晕了。别说下水,还没下水,她两腿就在发抖,站在那儿,她瞪着池水,动也不动。突然间,她觉得周围变得安静了,突然间,她觉得池边所有人的眼光都向她投来,她成了注意力的焦点。她有些焦灼,有些纳闷,看看同学,再看自己,她忽然明白大家为什么紧盯着她看了。太阳下,大家的皮肤都晒得红红褐褐,唯独自己,一身细皮白肉,在黑色泳装下,白得出奇,白得刺目,白得引人注意。她一急一窘,脸就涨得绯红,站在那儿,她偏偏还不敢下水。"跳下去啊!"体育老师喊。

她发抖，不敢跳。有个同学吹口哨，她更窘了，更怕了，更羞了，脸更红了。"好了，"老师在解围，"扶着栏杆，走下去吧！"

走下去吧。她如释重负。抓着栏杆，她一步一步地挨近了水里，和洗澡一样？见鬼！哪有这么大的洗澡盆啊，水波在她胸前推涌，澄蓝的水，看得到池底，看得到自己的腿，她浑身发抖，用手指死命攀着游泳池的边缘，像个雕像般，她再也不肯移动一步了。"放开手，游一游啊！"老师说。

她不动，死也不放手。

"只要游一游。"老师再说。

她仍然不动。池边一片寂静。空气紧张起来，她把整个原来轻松活泼的气氛都弄僵了。她挺立在水里，穿着那件漂亮透顶的游泳衣，一身吹弹得破的细皮白肉，站在蓝色的游泳池里，像化石般动也不动。每个人一生或者都会碰到一些窘事，对裴雪珂而言，没有任何一个下午比那一刻更漫长，时间停顿，地球停顿，连树梢上的鸟都不叫了，风都不吹了，万物静止，只有她站在水里发抖。然后，忽然间，"扑通"一声，有人飞跃入水。雪珂惊悸着，昏乱着，感到水波的浮动。然后，她看到有个人向她飞快游来，蹿出水面，那人站立在她身边了，是唐万里！

"来！"唐万里盯着她，眼光是温和的、鼓励的、带有命令意味的。他把双手伸给她，简简单单地说："把你的手给我！"

她睁大眼睛，被动地看着唐万里，水珠在他头发上、额上、鼻尖上闪着光，每颗水珠都被太阳映得亮晶晶的。他的眼睛也是亮晶晶的，闪耀着青春的光彩。在那一刹那，她觉得自己被催眠了，她被动地放开了紧攀着池沿的手，被动地望着他，被动地把自己的手交给他。于是，立刻，那双手把她握住，轻轻一拉，她就整个人栽进了水里。她还来不及意识到发生了什么，就感到那双手已挣脱开去，而从她的腰部，把她的身子稳稳地托向水面。她这一栽，头发也湿了，脸孔也沾了水了。而她耳边，唐万里在轻声低语：

"动一动你的手，随便做个样子，放心，我决不会让你喝水。"她被动地动了手脚，事实上，不动也不成。整个身子被托在水面，水在身下波动荡漾，她也不可能完全不动。她才一动，唐万里就胜利地大叫了一声："老师！她游了！"

阿光在池边附和着大叫：

"老师！她游了！她会游了！"

阿文、阿礼、阿修鼓起掌，更大声地吼着叫着：

"老师！她会游了！她会游了！"

更多的掌声、欢呼声、喝彩声、叫声：

"她会游了！她会游了！老师，给她一百分！老师，给她一百分！"

老师笑了，同学笑了，大家都笑了。尴尬解除，紧张解除，青春的好处在于大家都爱笑，大家都有默契。于是，她的游泳课"过"了，她的生命里，也从此多了一个角色：唐万里。哦，唐万里，那个长手长脚的大男孩，那个会说会笑的大男孩，那个会唱会闹的大男孩！那个肯干肯做的大男孩，

那个充满活力的大男孩,那个会带给你无穷尽的欢乐的大男孩!游泳课以后没多久,唐万里曾经一本正经地对她说:

"我小时候也拒绝游泳,因为我是畸形。"

"你是什么?"她诧异地问。

"畸形。"他一本正经地说,"我的手脚特别长,你看,不成比例。"他站起来,弯着腰,双手伸直在面前,晃呀晃的,像只猴子。"小时候,同学都笑我,我就自称为刘备转世投胎。"

"什么?""刘备啊!"他笑嘻嘻地,"你没看过三国演义,那刘备生得一表人才,他双手过膝,两耳垂肩!我和刘备差不多,只是耳朵略短。"她忍不住笑了。他盯着她说:"我游泳很难看。""我知道,大家说你像落水蜘蛛!"

"你知道你像什么吗?"他镜片后的眼睛闪着光。"我……"她涨红了脸。"像什么?"她问。

"像你的名字:雪珂。珂字代表的是玉,雪珂是一种白色的玉,纯白如雪,皎洁如玉。你站在那儿,美得就像一幅画。"他继续盯着她,"有这么好的身材,你怎么会怕游泳?"

她凝视他,不相信他说的是真话,但是,那水池里的窘态,却被他这几句话给美化了,她的自卑,也被他这几句话治好了。接连一个月,她天天下课后跟他学游泳,期终考的时候,她的游泳已经货真价实,游得相当相当好了。

就这样,她和唐万里突然接近了,突然成了一对儿,突然就一起办壁报,一起去采访,一起演话剧,也一起参加各种校外活动了。晚上,她和唐万里去看电影,假期,她和唐万里去山边、水边。生活忽然就忙碌起来了。

唐万里是个忙人,他有那么多活动,那么多兴趣。平常,在学校里,他就有个绰号叫"七四七"。一来因为他名字叫"万里",能飞万里,不是七四七是什么?二来因为他做事的冲劲干劲,用火车头形容还不够,只能用七四七来形容。三来,因为七四七是飞机,总在空中飞行,生活的一半,是在云里雾里。唐万里确实在云里雾里,连带着,把他身边的人也带进云里雾里。他去电视台上节目,裴雪珂在台下当来宾。

他参加摄影比赛,裴雪珂是他的模特儿。

他设计了一套卡通片,裴雪珂忙着帮他着色。

生活并不单调,唐万里永不让人感觉单调。那个学期快结束的时候,同学们已经把他们配了对了。寒假,有一天,唐万里忽然从云里雾里落到地面上,发现身边的裴雪珂了。他用新奇的眼光看她,正色问她:

"裴雪珂,你以前恋过爱没有?"

裴雪珂怔了怔,回答:"没有。你呢?"

"好像也没有。""什么叫好像?""我常常为女孩子动心,我不知道动心算不算恋爱。"他想了想,"应该不算,对不对?恋爱是双方面的,是很恳切很强烈的……"他凝视她,突然冒冒失失地冲口而出:"你爱我吗,雪珂?"她呆住了。大半个学期,她跟他玩在一起,疯在一起,却从没考虑到"爱"字。她无法回答这问题,她有些茫然、有些困惑、有些迷失。"你呢?"她反问。他用手摸摸她的头发,摸摸她的下巴,摸摸她柔软而干燥的嘴唇,他低声说:"我没爱过,

31

不知道什么叫爱。我不敢轻易用这个字,怕我会糟蹋了这个字。我以前交过好多女朋友,我也没用过这个字。现在,我还是不敢用它。雪珂,我不知道,我和你一样,很迷失很困惑。只是,我想告诉你,和你在一起的这段日子,我很充实,很快乐。我想说……"他闭了闭眼睛,虔诚得像祈祷:"让我们一起来试试,好不好?"

于是,他轻轻地拥她入怀,轻轻地拂开她面颊上的长发,轻轻地捧住她的面颊,再轻轻地把嘴唇压在她的唇上。她战栗着,心跳着,脸红着,羞涩而慌乱着……一吻既终,她慌乱得几乎没有感觉,轻扬睫毛,她从睫毛缝里偷窥他,发现他也涨红着脸,满脸的紧张和不知所措,他的样子很滑稽,除了滑稽之外,还有种令她心动的傻气和纯洁。她立刻知道了,活跃的唐万里,会弹会唱的唐万里,被同学崇拜的唐万里……居然没和女孩接过吻!她的心欢唱起来,在这一瞬间,她可以体会出"幸福"的意味了。她偎进他怀里,把面颊埋在他胸前的学生制服中,一动也不动。那个寒假,他们就腻在一块儿,白天,一起去游山玩水看电影。晚上,他坐在灯下,对她弹着吉他,对她唱着歌,一遍又一遍地唱着:

我不知道爱是什么?
我也不想知道它是什么?
我只知道有了你才幸福,
我只知道有了你才快乐!
听那细雨敲着窗儿敲着门,

我们在灯下低低谱着一支歌，
　　如果你不知道幸福是什么，
　　且听我们细细唱着这支歌！
　　……

　　是的，那个冬天，幸福几乎就在裴雪珂的口袋里装着了。几乎就在那灯下坐着了。几乎，几乎，几乎。
　　如果，裴雪珂不再碰到叶刚，如果裴雪珂不再卷进林雨雁的家庭里，如果裴雪珂不再和父亲见面，如果裴雪珂没有一个父亲叫徐远航……如果有那么多如果，裴雪珂就不是裴雪珂了！人生的故事都是这样的。

第四章

三月农历年已经过去了。年节的气氛还逗留着。裴书盈始终没收掉客厅里的糖果盘，瓜子、桂圆、牛肉干、巧克力都还把盘子装得满满的。每天傍晚，她下班回家，总喜悦地看到雪珂带着她那长手长脚的男朋友唐万里，抱着个糖果盘猛吃。二十来岁就有这种好处，怎么吃都不会胖。雪珂是健康的，不胖不瘦的，那腰肢始终就窄窄小小，不管穿裙子还是穿牛仔裤，都是动人的。哦，母亲，这就是母亲，在一个母亲的眼光中，雪珂实在是美好的，美好得让人疼爱又让人骄傲的。

三月是杜鹃花的季节，街上的安全岛上开遍了杜鹃花。受了这春天的感染，裴书盈也买了好多盆杜鹃，放在阳台上，放在客厅小茶几上，放在自己卧室里，当然，也绝不会忽略雪珂的卧室，她把一盆最好看的复瓣洋杜鹃——粉红色镶着白边，娇嫩得似乎滴得出水来——放在雪珂的梳妆台上。雪珂，每提起雪珂，每看到雪珂，裴书盈都会在那种悸动的母性胸怀里，去惊颤而喜悦地体会着生命延续的神奇。真的，这是神奇的：雪珂遗传了书盈的纤细，遗传了徐远航的热情，她把两个人身上的精华聚集于一身，高雅美丽，而且冰雪聪明。

裴书盈不知道别的母亲，会不会像她这样"迷恋"女儿。但，她总觉得自己的女儿强过了别人的。那么优秀，那么文雅，那么善解人意，那么那么可爱而动人。她在雪珂身上，常常惊叹地看到自己的影子；有时温柔，有时固执，有时欢乐，有时悲哀，有时心眼又窄又小，有时又完全心无城府。

"妈！"雪珂常常睁大眼睛说，"电影有新艺综合体，你知道吗？""知道啊！""我是矛盾综合体！"她笑着，笑得近乎天真。

"什么叫矛盾综合体？"

"集各种矛盾于一身！"她夸张地说，"好啦，坏啦，爱啦，恨啦，聪明啦，愚笨啦，快乐啦，悲哀啦，多愁善感啦，欢天喜地啦，想得太多啦，想得太少啦……哇，妈，我是个矛盾综合体。"书盈笑了。矛盾综合体，对，雪珂是个矛盾综合体，一个可爱的"矛盾综合体"。

是春天的关系吗？是人老了吗？书盈觉得自己的心一年比一年变得更柔软，更慈爱。有时，几乎是软弱的，也几乎是寂寞的。这种情绪，是雪珂无法体会的。雪珂总认为，所有的"故事"都是年轻人的，四十岁的女人已成古董，该收到阁楼里去了。有一晚，雪珂大惊小怪地对她说：

"妈，如果你打开一本小说，发现它在写三姐妹的故事，大姐五十三岁,二姐四十七岁,小妹妹四十岁。这本书你还看得下去吗?"这就是雪珂。她那么多情善感,那么肯用心去体会人生,那么细致而深刻,她依然无法以她二十岁的年龄去接触四十岁的心灵。书盈不怪她,这是自然,她从没有经历过四十岁,不会了解那种年华将逝、岁月堪惊的敏感,更不会了解属于裴书盈那份"新酒又添残酒困,今春不减前春恨"的情怀。

裴书盈不会要求雪珂什么,她从不要求雪珂什么。自从和远航分手,她就觉得对雪珂有某种歉意,破碎的家庭对孩子总是缺陷。尤其,当她发现雪珂对远航那份感情,那份崇拜与依恋之后,她就更加歉然了。母亲,毕竟不能身兼父职,母亲是纤细女性的,父亲才能满足一个女儿的英雄崇拜感。

裴书盈知道雪珂为了那个婚礼,消沉过一阵子。但,雪珂又在别处找到了她的英雄。这样也好,这样也好。书盈以她的母性,敏锐地观察过唐万里,以她的女性,更深刻地观察过唐万里。她接纳了这孩子,心底唯一亮起的红灯是"太年轻"。年轻往往会造成很多错误,她嫁给远航的时候才十九岁。不过,她没有做任何表示,唐万里或者不够英俊潇洒,但他的的确确是优秀而迷人的,尤其他那颇富磁性的歌喉。她真喜欢听他用自编的"民歌"(为什么学生歌曲偏偏叫"民歌",搞不懂!)低低柔柔地唱:

听那细雨敲着窗儿敲着门,
我们在灯下细细谱着一支歌,

如果你不知道幸福是什么，
　　且听我们低低唱着这支歌！

　　让那孩子幸福吧！四十岁的女人没有故事，四十岁女人的故事都写在子女身上。这天，下课以后，雪珂发现家里的杜鹃花开了。她从不知道杜鹃花有这么多的颜色：客厅里是大红的，阳台上是金黄的，自己卧室里是粉红的，母亲房里是纯白的。杜鹃，嗯，她在房里跑来跑去，到处找尺找铅笔找刀片找绘图器，要画一张广告海报。唐万里盘膝坐在地板上，只管调他的吉他弦，两条腿盘在那儿还是显得占地太广，雪珂好几次要从他腿上跨过去，他就举起吉他大声喊叫：

　　"不许从我身上跨过去！会倒霉的！"

　　怎么有这些怪迷信？二十岁的世界里有时也有上百岁的迷信。有天，书盈发现两个年轻人猛翻一本姓氏笔画学，为了给合唱团取名字。取名字前居然要算笔画是否大吉大利。

　　"杜鹃，"雪珂嘴里在喃喃自语，"杜鹃口香糖，怎么样？"雪珂忽然问唐万里。"少驴了，没有人用杜鹃当口香糖名字，"唐万里说，"怪怪的！""怪怪的才好呀！"雪珂说，"这叫出奇制胜！"

　　学校里正在教广告学，雪珂主修电视广告，整天把广告句子背得滚瓜烂熟。"我问你，七七巧克力不是也很怪吗？琴口香糖不是也怪吗？你知道梦十七是什么？"

　　"是一支歌！"唐万里叫着。

　　"去你的，是一种化妆品！"

"好吧！你就制作你的杜鹃口香糖！我帮你想广告句！"唐万里歪着头，拨着弦，顺口念着，"杜鹃有红也有白，杜鹃有黄也有紫，吃片杜鹃口香糖，包你马上翘辫子！"

"什么？"雪珂大叫，扑上去抓着唐万里的胳膊乱摇乱晃，"你说些什么鬼话！""吃了你的杜鹃口香糖，不中毒中得翘辫子才怪！"唐万里笑得跌手跌脚，连鼻梁上的眼镜都摇摇欲坠。他笑得那么开心，那么爽朗，使雪珂也忍不住跟着笑起来，两人笑得在地板上打滚。然后，唐万里推开雪珂，正色说："别闹我了，我们巨龙合唱团下星期六要上电视，让我编好这个谱！"他拨着弦，又哼哼唧唧起来。雪珂在地板上铺了一张大图画纸，趴在地上猛研究她的"杜鹃口香糖"。唐万里编谱显然编得不太顺利，一会儿，他就放弃编谱，在那儿唱起歌来了。唱《龙的传人》，唱《秋蝉》，唱《今山古道》，唱《归人，沙城》。

　　细雨微润着沙城，轻轻将年少滴落，
　　回首凝视着沙河，慢慢将眼泪擦干……

雪珂无法专心做功课了，她趴在地上，用手支着下巴，转头瞪视着唐万里。"唐万里，我问你！"她正色说。

"什么？"唐万里回头看她。

"这支《归人，沙城》啊，实在很好听，"雪珂说，"但是，它到底在说些什么？轻轻将年少滴落，怎么滴落呀？我就搞不懂这些文字，你一天到晚唱，也解释给我听听看!""唔,嗯,哦,"唐万里连用了三个虚字,耸耸肩,"歌词是只能意会,不能言传的!"

"不行!"雪珂固执地说,"你把意会到的,讲给我听听看!"

"好!"唐万里点点头,很严肃的样子,"这支歌很苍凉,把'年少'的无奈全唱出来了。"

躲在卧室里的裴书盈坐不住了,只知道有"年老"的苍凉和无奈,竟不知道年少也有苍凉和无奈。她悄悄站起身子,悄悄走到房门口,悄悄注视着那对年轻人,倒要听听他们的解释。"细雨微润着沙城,表示天气凉了,下雨了。"唐万里仔细地说,"这你一定懂。年少表示年纪很轻,年纪很轻就是年龄还小,年龄还小就是还没长大……"

"好了,好了,我懂什么叫年少。"雪珂不耐地打断他,"然后呢?""然后呀!"唐万里细声细气地,"没长大的孩子抵抗力都很弱,被冷风一吹、细雨一打就感冒了,一感冒眼泪鼻涕全来了,于是,滴落了鼻涕,擦干了眼泪……"

"哇!唐万里!"雪珂大叫,坐起身子,对着唐万里的肩膀一阵又捶又推又摇,笑得直不起腰来,"你在胡说些什么?你在胡说些什么?你要把作词的人气死吗?人家挺美的句子,给你讲成什么了?哇呀喂,不得了,笑得我肚子都痛了,哇呀喂!……"裴书盈站在房门口,实在忍不住,这要命的唐万里呀!她也跟着那年轻的一对笑起来了。雪珂抬头看到母亲在笑,她就更笑。唐万里看到她们母女两个都笑,也就跟着笑。一时间,满屋子笑声,满屋子欢乐,连那红色白色黄色的杜鹃花也仿佛在笑了,春天也仿佛在笑了。

就在这一片欢愉里,电话铃响了。现代文明缩短了人与人的距离,电话的发明是一大功劳。现代文明打断了很多笑声,电话的发明是一大败笔!裴书盈走过去接了电话,笑容首先从她唇边隐没。她捂着听筒,转头看雪珂。

"雪珂!"她低声说,"你怎么忘掉了,今天是你爸爸的生日!他要你听电话!""啊呀!"雪珂像弹簧人般从地上直跳起来,笑容也消失了。她埋怨地看着母亲:"妈,你怎么也忘了提醒我?"

"我?"裴书盈瞪她一眼,"我是该忘,你是不该忘!来,你自己跟你爸爸说!"雪珂走过去,接过了听筒。心里有一百二十万分的歉然,太久没跟父亲联络了,太久没跟他见面了。只有大年初一去拜了个年。徐远航,她那一直敬爱着、崇拜着,甚至依恋着的父亲!她居然忘掉了他的生日!从来没发生过的事!她握着听筒,声音怯怯地叫了声:"爸!"

"雪珂!"徐远航的声音亲切、诚恳,而温柔。温柔得像和风,没有丝毫的寒意。这一声呼唤已代表了千言万语,代表了人类亘古以来骨肉之间的至情。"雪珂,如果你今天不来,我会非常非常失望。我知道你最近很忙,你妈都跟我说了。可是,你还是要来,带他一起来吧!那位唐万里。我可不可以见他呢?"徐远航语气里有种恳求的意味。这使雪珂更加歉疚了。她看看手表,才晚上八点,他们一定吃过晚餐了,不过,她至少可以赶去热闹一下。每年父亲过生日,都有些朋友小聚一番的。"好!爸!"她轻快地说,"我马上带他来！我们已经吃过晚饭了，可是，我们可以赶去吃你的生日蛋糕！"

"等你！雪珂！"徐远航叮咛着，"尽快尽快来！"

"可是……"她怔了怔，"我忘了生日礼物！"

"你来，就是最好的生日礼物！"

"好！马上来！"挂断了电话，她回头招手叫唐万里。

"走，唐万里，去见我爸爸！"

唐万里直跳起来，一双长胳膊乱摇乱晃，活像只大猩猩。

"不不！我要练歌。不不！老伯过寿，我又没准备寿礼。不不，我是小人物，很怕大场面……"

"去你的大场面！去你的老伯过寿！"雪珂抓着他的胳膊，"我爸爸看起来比你还年轻呢！走走走！"

"怎么，就这样两手空空地去呀？"

"是呀！你去唱祝你生日快乐就行了！"

唐万里用手抓头发，他的头发本来就乱，一抓之下更乱，身上穿的，还是学校里那黄卡其制服外套，一条破破旧旧的牛仔裤，洗得都褪了色了。裴书盈看他一眼，很想把他修饰得像样些，再让他到徐远航面前亮相。女儿的男朋友第一次见那个父亲，她也有虚荣感呢。但，再看唐万里，她就觉得没有比那身学生服牛仔裤更适合他的了，他穿得那么简单，却自有他的气度，尽管不怎么英俊，却满身满脸都绽放着属于青春的光彩，满眼睛里都流露着聪明智慧与才华。他不会让雪珂丢人，他不会！他绝不会！

她含着满足的笑，目送年轻的一对手拉手地出去了。

第五章

仅仅半小时以后,雪珂已带着唐万里,置身在徐远航那大大的客厅里了。徐家坐落在天母,是幢三层楼的花园洋房,占地颇大。花园里,爆竹红和仙丹花正在竞艳,而且,杜鹃也嚣张地盛放着。花园里灯火通明,客厅里更是灯烛辉煌,一屋子的客人,一屋子的笑语喧哗。雪珂才踏进客厅,徐远航就迎过来,把她两只手都紧紧握住了。他上下打量她,宠爱地笑着,宠爱地看着,宠爱地把她揽进了胳膊里。"嗨,雪珂,"他说,声音微微有些沙哑,"你准备不理爸爸了,是不是?""别冤枉人,"雪珂笑着噘了噘嘴,"我知道你生活越过越丰富,知道你身边没有什么空位置来容纳我!所以不想来惹你讨厌!""呵!"徐远航用手指捏了捏她的下巴,咬牙说,"你把我的生日忘得干干净净,我没怪你,你反而来倒打一耙!好厉害的女孩子!"他把眼光从她脸上移到唐万里身上:"你就是唐万里?""是!"唐万里急忙说,对徐远航弯弯腰,

"我听雪珂说今天是您的生日,我来得慌忙,没有给您买礼物。雪珂说您什么都有,什么都不缺,我送不出您需要的礼物,所以,我就帮您把雪珂'捉'到这儿来了。"

雪珂惊愕地转头去看唐万里,怪叫着说:

"哎呀!爸爸,这个人颠倒事实,见风使舵,实在是个无聊分子!你不知道我费多大劲儿把他抓来,他现在居然说是他把我捉来的……"徐远航笑了,很快地打量了唐万里一眼。

"雪珂,你也碰到对手了,哦?"

雪珂摇摇头,笑着叹气。徐远航一手挽着雪珂,一手挽着唐万里,向客厅中央的人群走去,扬着声音,对大家说:

"这是我女儿裴雪珂和她的朋友唐万里,大家自己认识,自己介绍,自己聊天,好吗?"

雪珂抬眼看去,才发现满屋的客人都很年轻,平均年龄不会超过三十岁。在这些人群中,最醒目的就是林雨雁了。她穿了件白缎子曳地的长礼服,同色短外套,襟上别了一朵紫色的兰花,清雅脱俗,高贵无比。她的长发一半松松地挽在头顶,一半如水披泻。头顶簪着一支摇摇晃晃垂垂吊吊的头饰,行动之间,那头饰就簌簌移动,闪闪生光。说不出的雅致,说不出的动人。相形之下,自己一件格子衬衫,一条牛仔裤,简直寒碜透了。她正思索着,林雨雁已向她婷婷袅袅地走来,笑着说:"真高兴你能来,雪珂。"

雪珂含含混混地对她点了点头,声音卡在喉咙里,实在不知道该称呼她作什么。同时,雪珂的注意力被另外一个女孩子给吸引住了。那女孩很年轻,大概只有十八九岁。她正向雪珂这边好奇地注视着。她有张白皙的瓜子脸，一对像嵌在白玉中的乌溜溜的黑眼睛，她的鼻梁挺直，嘴唇嫩嫩的、薄薄的、小小的。她很苗条，很瘦，个子不高，是个娇娇小小的美人儿。美人儿。真的，雪珂很少被女孩吸引住，却被这女孩吸引住了，她几乎没有怎么化妆，天生丽质是不需要装扮的。她穿了件剪裁合身、线条单纯的红色洋装。红色，原是很火气的，她穿起来却合适到极点，衬得她的皮肤那么白，那么嫩，几乎吹弹得破。她显然是一群男孩包围的中心。可是，现在，她向这边走来了，脚步轻盈，浅笑盈然，她眉间眼底，有诗有画，她脚下裙边，有云有雾，她嘴角颊上，有酒有梦。老天！雪珂心中疯狂地赞美着，但愿自己有她一半的美，但愿自己有她一半的动人，但愿自己有她一半的轻盈灵秀！

她停在雪珂面前了。眼珠乌黑晶亮，眼光澄澈如水，眼色欲语还休。"噢，雪珂！"林雨雁说，"让我跟你介绍一下，这是我妹妹，林雨鸢。鸢飞鱼跃的鸢。"

林雨鸢！雪珂大大吃了一惊。心里乱成一团。怎么可以！怎么林家可以出这样两个女孩子？有雅致如雨雁的已经够了，再有飘逸如雨鸢的就太过分了！她抽了口气，来不及说什么，就听到雨鸢清脆而温柔的声音。

"我见过你！""哦？"她愣愣地看着雨鸢。"在姐姐的婚礼上。"她微笑着，"那天，你很早就退席了。"然后，她掉转眼光，直视着唐万里。"我也见过你！"她再说。

"是吗？"唐万里眉毛大大一挑，那眼镜差一点从鼻梁上掉下来。"不可能不可能。"他一迭连声说,"如果我们见过,我不会忘记你!""我只说我见过你,没说你见过我啊!"雨鸢笑得天真无邪,双眸闪闪发光,皎皎然如秋月。"我在电视上看过你!上上个礼拜天,你是巨龙合唱团的主唱!你不知道,我好迷你哦!我们很多同学,都迷你呢!尤其喜欢听你唱那支《城门城门鸡蛋糕》。还有,你那支《阳光与小雨点》简直棒透了!棒得不得了!棒得让我们都要发疯了!我告诉你,我用一个晚上来记那支歌的谱和词,就是记不全。你下次还会上电视吗?你下次上电视的时候告诉我,我要把它录下来,这样就可以不停地听,不停地看!"她说得琳琅满目,像行云流水,唐万里听得痴痴呆呆,像醉酒田鸡。雪珂瞪着他,眼看他的眼珠明亮起来,眼看他的背脊挺直起来,眼看他的脸绽发出光彩来。她想说什么,又来不及说,因为雨雁拉住了唐万里的手。

"唐万里!"雨雁笑着说,"我妹妹喜欢民歌喜欢得发疯,你既然来了,能不能给大家唱一支?"

"好哇!"又一个女孩冲过来,圆圆的脸、匀称的身材,"唐万里!拜托拜托,《阳光与小雨点》!"

"《阳光与小雨点》!""《阳光与小雨点》!""《阳光与小雨点》!"

到底这是怎么回事,雪珂实在是弄不清楚了。到底今天谁是主角,雪珂也弄不清楚了。到底怎么弄成这种局面,雪珂更弄不清楚了。她只听到一片欢呼声,一片鼓掌声,一片笑声,一片叫声,一片有节奏的喊声:"《阳光与小雨点》!"

"《阳光与小雨点》！""《阳光与小雨点》！"然后，她就看到唐万里被簇拥到人群中间去了，有人递给他一把吉他，真不知道徐远航家怎么会有吉他！唐万里怀中抱着吉他，整个人都像被魔杖点过，站在那儿，他自有他的气势，毕竟上过台，见过大场面，他眼光生动，神采飞扬，满身都散发着青春的气息，绽放着他那动人的特质。他真的唱起来了，唱他那支自写自编的《阳光与小雨点》。

阳光阳光啊阳光亮闪闪，
照射照射照射在山巅，
昨夜昨夜有颗小雨点，
在那山巅小草上作春眠。
阳光照射到了小雨点，
光芒璀璨，光芒璀璨，
小雨点闪闪烁烁真耀眼！
啊！小雨点爱上了阳光，
阳光也爱上那玲珑的小雨点，
小雨点迎接着阳光，阳光拥抱着小雨点！
只是一会儿的缠绵，小雨点啊小雨点，终于憔悴干枯而消失不见，
消失不见，消失不见，
阳光阳光徘徊在山巅
寻找寻找寻找小雨点，
君不见，日日阳光皆灿烂，

都为那，多情失踪的小雨点！

唐万里唱完了他那首生动的《阳光与小雨点》，满屋子掌声如雷动。雪珂也在人群中，奇异地站在那儿，奇异地看着那场面。她看到唐万里唱得满头满身大汗。林雨鸢站在他身前，正用一条绣花的小手帕，踮着脚去给他拭汗。他俯下头来，居然不用手去接那手帕，而用额头去接那小手帕。林雨鸢满面发光，眼睛虔诚，纤细的小手指都在发抖，又感动又兴奋又喜悦地为他拭着汗……哇！雪珂心里想，汤姆·琼斯大概就是这样诞生的！《阳光与小雨点》只是一个开始，而不能成为结束，大家那样疯狂地欢呼与鼓掌，唐万里当然盛情难却。于是，配角又成主角，他就那样衣冠不整，满头乱发，穿着学生外套，在那儿一支歌又一支歌地唱了下去。林雨鸢给他递咖啡，林雨鸢给他递冰水，林雨鸢用她那真丝的衣袖给他擦汗……雪珂终于忍不住了。她从人群中退出来，悄眼四望，父亲呢？总不至于连父亲都被这家伙吸引了吧！于是，她看到父亲了。

徐远航坐在不远处的沙发上，静静地看着那又弹又唱的唐万里，看了一会儿，就把目光收回来，投到面前的人身上去了。那面前坐着的，正是林雨雁。林雨雁却是全房间唯一没被唐万里影响的一个人，她坐在徐远航身前的地毯上，双手握着徐远航的手，两眼静静地注视着徐远航。雪珂打心底震动，狠狠地震动，忽然间，她就看到了那个字，那个她始终不太了解的字："爱"。那个字是写在林雨雁眼睛里的！父

47

亲和林雨雁,他们就安详而温柔地坐在那里,他们在享受着。享受着屋里的笑,屋里的歌,屋里的欢乐,和他们彼此间的爱。徐远航满足了,他一定已经满足了,他看到了他女儿的男友——正像阳光一样拥抱着满房间的小雨点!

当唐万里开始唱起那支《恼人的秋风》时,雪珂知道这"演唱会"会无限制延长了。掌声是世界上最迷人的东西,唐万里本来就是别人不起哄,他都会引头闹的,现在,他是得其所哉!唱吧!唱吧!他越唱越起劲,越唱越生动,越唱越富有感情,越唱越美妙……雪珂觉得太热了,她简直不能透气了,她悄悄地走向阳台,不受任何人注意地,溜到阳台上去了。阳台上有个"小火点"在暗夜里闪烁。

她顿了顿,定睛细看,确实有点火光,是烟蒂上的。有个人正斜靠在阳台上,独自静静地站着,独自抽着烟。

雪珂立刻感到一阵神思恍惚,这香烟气息,这场合……好像在记忆里发生过。怎么?满屋子欢欢喜喜的人,唯独你寂寞?她瞪视着那人影,那人影也正死死地瞪视着她。历史会重演,历史教授说的。"嗨!你好!"叶刚的眼睛在夜色中闪着光,他的声调低沉而沙哑。简简单单的两个字"你好"却似乎有着无穷尽的含意。她走过去,停在他面前,仰头注视他。

"你怎么会在这儿?"她迷惑地问。

"这是人的社会,我不能不来表示一下风度。"

"你表示过你的风度了?"

"是的。"

她点头不语,沉吟着。他们彼此又注视了一会儿。室内的歌声一直飘到阳台上,唐万里正在唱着:

偶尔飘来一阵雨,点点洒落了满地,寻觅雨伞下哪个背影最像你,
唉!这真是个无聊的游戏!……

叶刚深抽了一口烟,眼光没有离开她的脸。

"他唱得非常好,你知道吗?"他认真地说,"他那支歌也很够味,《阳光与小雨点》!"他上上下下打量她:"或者,你不该把你的阳光带到这儿来!"

"或者——他不是我的阳光。"她犹豫地说,声调脆弱而不肯定,"我也不是他的小雨点。"

他再看她:"不管他是不是阳光,你倒很像颗小雨点。晶莹剔透而可怜兮兮。""我不喜欢你最后那四个字。"她憋着气说,声音更怯了,更弱了,更无力了。他忽然熄灭了烟蒂,伸手一把握住了她的手。他的手温暖而有力。"我们可以从边门溜出去。"他说,"我打赌不会有人发现我们失踪了。""就算发现了,我打赌也没人会在乎。"她说。

于是,他们溜出了那充满歌声、充满欢笑、充满幸福的房子。

第六章

叶刚的车子，在台北市的街道上缓缓地向前行驶，把街道两旁的树木、商店、高楼、霓虹灯都一一抛在后面。雪珂坐在驾驶座旁的座位里，她往后仰靠着身子，眼光望着前面的街道，几乎没有什么思想，没有什么意识。路两旁的街灯，像两串发光的项链。"想去什么地方吗？"叶刚问。

"随便。""去年夏天某月某日某夜，我好像和你去跳过舞。"

"好像。""有兴趣再去吗？""随便。""吱"的一声，叶刚把车子急驶到慢车道，刹住车，停在路边上。雪珂被急刹车差点颠到座位下面去，她惊愕地坐正身子，以为已经到了某个地方。抬头四下一看，才发现车子停在一条不知名的街道边上，旁边除了人行道和电杆木，什么都没有。叶刚熄了火，他回过头来，盯着她看，眼光里有两簇阴郁的火焰。"听我说，小姐！"他皱着眉说，"我把你从那个灯火辉煌的大厅里带了出来，是因为你不想留在那个地方。如果跟我出来的只有你的躯壳,而你的灵魂还在那屋子里的话,我马上就把你再送回去!我不习惯带一个心不在焉的女孩出来玩!"她惊讶地抬头看他,依稀仿佛,又回到去年夏天那个晚上,有个叫叶刚的人物,对她喜怒无常地耍过一阵性格。看样子,这个叶刚在半年多以后,并没有比半年前进步多少,还是那样易变,还是那样易怒。

"老样子!"她惊叹着。

"你说什么?"他愣了愣,不解地问。

"你。"她笑了。奇怪,她该生气的,该对他的无礼和任性生气的,她却一点也没生气,只是想笑。刚刚在徐家,喝过一杯掺了白兰地的鸡尾酒,不管怎样,这鸡尾酒绝不会让人醉,可是,她就有点晕晕眩眩的醉意。她笑着,对他那困惑的脸庞和阴郁的眼神笑着。"你还是老样子。唉!"她笑着叹口气,"你这种个性,未免太不快乐了!你对你周围的一切,都过分苛求了!""是吗?"他更加迷惑了,"你不可能了解我的个性是怎样的,你几乎不认得我。""哦,不,我认得你!"她仍然笑着,"去年夏天某月某日某夜,我跟你跳了一个晚上的舞。"

"因此,你就算认得我?"他疑惑地问,"你向林雨雁打听过我?""哦,不。"她摇摇头,"我从没有向任何人打听过你。我认得你,是因为那晚的你表现得很完整,喜怒无常,爱发脾气,莫名其妙,又会乱箭伤人……"

"乱箭伤人?"他稀奇地挑眉毛。

"是啊!"她继续笑着,"有没有人告诉过你,你是一个会乱箭伤人的危险分子？"他盯着她，被她的笑容和说话所蛊惑了。他咬咬嘴唇，眼里漾起了淡淡的笑意和浓浓的欣赏。

"有没有人告诉过你，"他接口说，"你是个玲珑剔透、动人心弦的女孩？"她大惊，张大眼睛。"唉！"她叹着气，"如果你想恭维我，最好含蓄一点。"

"为什么？"他也睁大眼睛，"直接说出来有什么不好？不够文学？不够诗意？不符合你那梦幻似的思想？"

"你怎么知道我的思想是梦幻似的？"

"哦，我知道的。因为去年夏天那个晚上，你也表现得很完整。""哦？"她询问。"你有些哀愁，有些忧伤，有些孤独。可是，你反应非常敏锐，像个小小小小的刺猬。"

"小小小小的什么？"轮到她来稀奇了。

"中国人叫它刺猬。外国人叫它箭猪。"

"哦哦，"她咂着嘴，"实在没有美感。管他刺猬还是箭猪，实在太没有美感了。我以为——你说过，我是个小小小小的小雨点。""小雨点比小刺猬有美感？"他问。

"那当然。""瞧！"他点头，"所以你是个梦幻似的女孩。小雨点又禁不起风吹，又禁不起日晒，有什么好？不如当个小刺猬，温柔的时候服服帖帖，凶恶的时候浑身是刺。"

"哦？我浑身是刺吗？"

"如果我能乱箭伤人，你一定浑身是刺！"

她扬着眉毛，笑了起来，笑得弯着腰，一发而不可止。他瞪着她，笑意也堆在他唇边，涌在他眼底。他们对看着，对笑着。好一会儿，她收起了笑，眼睛亮闪闪，光彩逼人。

他深深地凝视她，陡地甩了甩头，嘴里低低叽咕了一句："要命！""什么？"她不解地，"什么事？"

"他妈的！"他忽然吐出一句咒骂，声音粗哑，"你最好不要再这样对着我笑了！否则，我会……"他咽住了，掉头去看车窗前面。"你会什么？"她温柔地问，心底有些害怕，有些糊涂，有些明白，有些畏缩，也有些期盼。

"好了！"他粗声说，忽然发动了车子，脸色严肃了，身子坐正了，腰杆挺直了，"坐好吧，我要开车了！"

她坐好了，望望车窗前的街道。

"我们去哪儿？""你不是说随便吗？""嗯，"她应着，坦然地，"是。随便。"

他看她一眼，车子向前驶去。

"你不怕我把你带到什么不正经的地方去吗？"他好奇地问，"哦，不。"她很快地应着，"你不会。"

"你那么有把握？"他惊讶地问。

"你虽然有些'性格'，有些'鲁莽'，有些'怪异'。可是，你一看就可以看出来，你很正直，很真诚，很热情，很有风度。几乎几乎是高贵的。是值得信赖的！"

他立即又刹住车子，车再度停下了。

"嗨？怎么回事？"她问。

"我不能一面开车，一面和你继续这种谈话，我怕把车子开到云里雾里去。"他紧盯着她，面颊有些红润，眼珠闪着光。"唉！"他学她叹了口气，"如果你想恭维我，最好含蓄一点。"

她又笑起来了。今晚她很爱笑,自从离开徐宅,她就一直好脾气地笑着,他说什么她都笑,而且笑个不停。这时,她又这样笑起来,那笑容在唇边,像个涟漪般漾开,漾开,漾开……他死盯着她,盯着那在街灯下,显得有些朦胧的面颊,盯着那乌黑如点漆的眸子,盯着那白皙如月色的肌肤,盯着那小巧红润的嘴唇,盯着那笑容——如沐浴在春风中的花朵,正缓缓展开花瓣,懒洋洋地展开花瓣,醉醺醺地展开花瓣……

"要命!"他再低声诅咒,声音在喉头中蠕动。

"要命!"他再说了句,声音依然卡在喉咙里。

"要命!"他说出第三句,然后,他蓦然间就俯下头去,把自己炙热、迫切、干燥的嘴唇,紧压在她那朵笑容上。他的胳膊情不自禁地挽住她的身子,把她紧紧紧紧地拥进怀中。他的手强而有力地扶住她的头。她不能呼吸,不能思想,不能移动,不能抗拒……只感到一股强大的热力,像电击般通过她的全身,带来一种近乎麻痹的触电感。然后,她觉得他是在吻她了。那么强烈而炙热的吻,烧烫了她全身每个细胞,烧热了她的面颊,烧热了她的心胸,烧热她所有的意志和情绪。她的心狂跳着,跳得那么猛烈,那么稀奇,那么古怪……从没感觉过这种感觉,从没经历过这种经历……以前的一些经验,从七四七那儿来的经验,全在此刻化为虚无。

终于,他抬起头来了。

他们彼此互相注视着,她不再笑了,只是深深切切地注视着他。他们就这样互相注视着,好像已经等待了一百年,一千年，一万年，一亿年……从盘古开天辟地以来，她和他早就存在着，只等待着此时此刻才相遇、相聚、相识而相知。

过了好一刻，他才把目光从她脸上移开，双手放开了她，他坐正身子，再次地发动那汽车。她靠在座垫里，凝视着他的半侧面，微凸的眉峰、微凹的眼睛、挺直的鼻梁和那"性格"的嘴。欸欸！她心中赞叹着：发生了什么？发生了什么？但是，她那醉醺醺、软绵绵的意识，并不真正想得到什么答案。车子开始顺利地、不受干扰地向前驶去了。一路上，两人都安静了，两人都很久没说话。他摇下车窗，让车窗外那凉爽的夜风吹进来。夜风中，带着凉凉的、泥土的气息，清清爽爽的，有些花香，有些树香，有些草香。她振作了一下，勉强提起精神，去注意窗外的景致了。这才发现，他们已远离市区，车子正蜿蜒着爬上一条修建得非常宽大的山路，高高地往山顶爬去。她坐高了一些，望着车窗外面。

"那儿有一片竹林。"她说，"路边有很多竹林。"

"我喜欢竹子。"他接口，很真挚的。

"哦？""我喜欢竹子那种遗世独立的风韵，喜欢它亭匀清幽的雅致，喜欢它坚韧不拔的高傲，还喜欢它脱俗飘逸的潇洒。它不像任何花朵那么浓艳诱人，却终岁长青。"他停了停，眼光直视着外面的道路，沉吟着说，"我知道为什么被你吸引了，你就像一枝竹子。""噢！"她轻嘘着，不经考虑地脱口而出，"那么，林雨雁像什么？"他皱了皱眉峰，双手稳定地握着方向盘，转了一个弯，车子继续向上驶。他的眉峰放开了，声调是平稳而清晰的。

"她像枝芦苇。""哦？""不见得名贵，不见得香甜。可是，它楚楚动人，风姿摇曳，雅洁细致，有种让人我见犹怜的感觉。"

她掐着手指头数了数。

"你干什么？"他问。"数一数你用了多少个成语。什么楚楚动人、我见犹怜的。你很会用成语，你应该学文学而不该学电脑。像你这种人会去学电脑实在是古里古怪的。或者，你既不该学文学，也不该学电脑，你该学植物。"他看她一眼，不语。"你瞧，你研究芦苇，你研究竹子，还研究过其他植物吗？像枫树？像梧桐？像凤凰木？像冬青？像七叶木？像万年青？像金急雨……"轮到他笑了。笑容在他眉间，笑容在他眼底，笑容在他唇边。笑容使他的脸孔生动而富朝气。

"我不学植物，我看你倒该学植物，最起码，你知道的植物名称不少。什么七叶木、金急雨，我一辈子都没听说过。"

"七叶木，一年四季都是绿的，每一根新芽，都会长成七片散开像花瓣似的叶子。它的杆子很挺。树叶一层一层的很有韵味。""七叶木？嗯？不可能是六片叶子？或是八片叶子？为什么是七片？"他有些好奇。

"不知道。它生来就是七片叶子，注定是七片！上帝要它生成七片，它就是七片！不能六片也不能八片！很奇怪，是不是？"他怔了怔，笑容淡了，眼里掠过了一抹深思。

"是，很奇怪。反正不能和上帝去打交道，不能向上帝要求做八片木，如果你生来就是七片木的话。"

她想了想，微笑着："你有宗教信仰吗？你信神吗？"

"不。"他很快地回答,"我不信。"

"为什么?""因为每个宗教有每个宗教的神,基督教、佛教、喇嘛教、回教,甚至希腊的太阳神和各种神,中国人相信的土地菩萨和玉皇大帝……神太多了。如果每个人相信的神都存在着,那么天上的神可能比地上的人还要多。可是,这么多神,这么这么多神,居然管不好人间的爱和恨、生和死?不。我不相信神。"他的目光忽然深沉了,面容严肃了,笑容隐没了,他又阴郁起来,莫名其妙地阴郁起来,"有一次,我曾经仰望天空,问众神何在,没有人回答我,四面是一片沉寂。那么多神,为什么众神默默?你们都到哪里去了?都到哪里去了?为什么众神默默?"他的语气,激烈得奇怪。

她仔细地凝视他:"你怎么会去问众神何在?"

"因为——"他停了停,眉峰紧蹙,眼光里盛满了某种无奈的、沉重的、郁闷的悲哀,"那年,我一个心爱的小弟弟死了,我弟弟,他活着时没有自己要求生命,死的时候没有自己放弃生命!如果有神,你们在做什么?"

她不自觉地伸出手去,充满同情、充满安慰、充满关怀地握了他一下。她不想再谈这个问题,或者,只有经过生离死别的人,才能体会那种惨痛。她紧握他,转过头去,她巧妙地转换了话题。"叶刚,一个名字。我知道了这个名字,我知道他学电脑,现在,我又知道他是个无神论者。瞧,"她对他温和地笑,"我对你的了解,已经越来越多了,是不是?"

他回头看看她,脸上绷紧的肌肉逐渐放松了,眼神又恢复了生动和温柔。"你是个好女孩!"他低叹着,"别了解我太多!雾里看山,山在虚无缥缈间,比较符合你……"

"梦幻似的思想!"她接口。

他笑了。终于又笑了。

然后,车子忽然慢下来了。叶刚驶上一块坡地,倒车,前进,又倒车,又前进。终于,停在山顶一块凸出的、平坦的草地上。他停稳了车子,熄了火。

雪珂觉得眼前一亮。她坐正身子,先四面环顾,才发现他们正置身在阳明山顶,从这个角度往前看,正好把整个台北市都尽收眼底。她放眼看去,是一片闪烁的万家灯火。从没看过这样绵延不断的灯海,这么千千万万数不清的光点。有的聚拢像一堆发亮的钻石,有的散落如黎明前的星空,有的一串又一串地串联着,像发光的项链。那么多灯!百盏、千盏、万盏、万万盏。闪烁着,闪烁着,像是无数的星星,敲碎在一片黑色的浪潮里,数不清有多少,看不尽有多少。

她为之屏息。他推推她的胳膊:"下车来!"他下了车,走过来为她打开车门,扶她下车。她踩在软软的青草地上,迎着扑面而来的晚风,看着闪烁璀璨、绵延不尽的灯海,恍然如置身幻境。哦,叶刚!这奇妙的叶刚!难道他不是"梦幻似的"?他却把她带入"梦幻"中来了!

他用胳膊搂着她,走向前去,停在山坡边缘,更辽阔地眺望那片一望无际的灯海。

"你看!"叶刚说,声音里带着感动,"你信不信每一盏灯光后有一户人家?每一户人家有他们的故事?爱、恨、生、老、病、死。你信不信当我们站在这儿看的时候,那些灯光下,就有无数故事正在发生,正在进行,或正在结束。你信吗?你看看!有多少灯光?有多少人家?数得清吗?数得清吗?"

她眩惑地看着,被眼前这奇妙的景致所迷惑住了,被他言语里那种提示所震撼了。真的,数不清的灯,数不清的人,数不清的故事!这还仅仅是一个台北市,如果再深一层想,整个台湾有多少灯呢?整个世界有多少灯呢?刹那间,她顿感人海辽阔,漫漫无边,而自己,是那样渺小的沧海一粟啊!

"我从小就爱看灯,"他开始说话,声音诚挚,"我小时候,我家就住在阳明山上,我父亲很有钱,娶了好多个太太。我是第三个太太生的,如果我母亲也能算太太的话。你一定可以猜到我父亲是怎样的人了,我是在怎样环境中长大的了。我母亲——体弱多病,很早就死了,我父亲比母亲大了快三十岁,他老了,事业又多,无心照顾我。我的童年很孤独,常常跑到这儿来,看这些灯海,一看就好几小时。我总在凝想每盏灯后面的故事,是不是比我家灯下的故事美一些,好一些,动人一些,温暖一些?"

他停住了,回头看她。

她也正深刻地看着他,两人目光一接触,就再也分不开了。她带着种震撼的情绪,体会到他的表达方式,他正在介绍他自己,更多更深地介绍他自己。她了解得更多了:叶刚,一个名字,学电脑,无神论者,富有而孤独的童年,目睹或经历过两次死亡,失去母亲和弟弟,父亲有许多个太太——

复杂的家庭,造成一个反婚姻论者。

她深深看他,深深地看,深深地看,深深地看……直到他低叹一声,把嘴唇压在她那颤动的睫毛上。

第七章

雪珂回到家里时，天都已经完全亮了。

叶刚把她送到公寓前面，本想要送她上楼的，是她制止了："改天吧！别让妈妈吓住！"

这时，她才第一次想起母亲。真该打个电话回家的，真该告诉母亲一声的。有生以来，这还是她第一次彻夜不回家。但是，这夜，所有发生的事都那么紧凑，紧凑得让她没有思想的余地，打电话，她压根就没想过打电话这回事！何况那阳明山巅，也没有电话可打！

她拾级上楼，到家门口时，脑子里还混混沌沌，神思也恍恍惚惚的。一夜未眠，她丝毫没有疲倦的感觉，对门内即将来临的一场风暴，也毫无预感。站在大门口，她在皮包里找钥匙，钥匙还没找到，房门已豁然洞开，裴书盈苍白着脸站在门口。"雪珂！"她喘着气喊，"你总算回来了！你吓死我了！我正想打电话报警呢！""怎么？怎么？"她很轻松地接口,"我又不是只有三岁!偶尔失踪一下,别大惊小怪……"

"偶尔失踪一下!"书盈生气地嚷,"你知道你把所有的人都急死了吗?你知道大家都出动了在找你吗?你知道好好一个晚会都给你破坏了吗?你……你到哪里去了?你怎么会好端端地就不见了?你到底在开什么玩笑……"

雪珂惊奇地看着母亲,怎么有这么多问题呢?她跨进客厅,这才更加惊奇地发现,屋里还有唐万里,不只唐万里,那数年不曾来过的徐远航也赫然在座!她愕然地站在客厅中间,目瞪口呆地说:"爸爸!你怎么在这儿?"

"我怎么在这儿?"徐远航没好气地接口,声音失去了一向的从容,变得急迫而恼怒,"还不都是为了你!你最好跟我们大家解释一下,整个晚上,你去了哪里?"

她瞪视父亲,头中有些昏昏的了。难道徐远航不知道从那客厅里同时失踪的,还有另外一个人吗?是了,她脑中像电光一闪,是了,徐远航确实不知道!因为,那个"失踪"对他而言,早就"失踪"了。何况,那个"失踪者"与他没有血统关系,用不着他付出任何注意力的!她用舌头舔舔发干的嘴唇,还来不及说话呢,唐万里一步跨上前来,当着父母的面,伸手就抓住她的胳膊,他那镜片后的眼睛,一向都闪闪亮亮充满笑意,从没有变得如此严肃。

"雪珂,你在和我捉迷藏吗?你把我带到那儿去,丢下我就不见了,你想想看,我是什么感觉?我一生不按牌理出牌,荒唐事也不是没遇到过,你昨晚的失踪是最荒唐的!你去哪里了?你说!"她环视室内,徐远航瞪着她,裴书盈也瞪着她，连唐万里都瞪着她。真有这么严重吗？真有这么严重吗？她看看徐远航，再看看唐万里。"爸，你什么时候发现我不见了？"她终于开了口。

"差不多十一点钟，我要切生日蛋糕的时候！"

她想了想，再问唐万里：

"你也是那时候发现我失踪的吗？"

"是呀！"唐万里接口，"你爸说：雪珂来帮我切蛋糕。我们才发现你根本不在客厅里。林雨鸢说你可能在书房看书，我们找到书房，书房也没有，大家猜你溜到哪个房间睡觉去了。于是，整个三层楼，一间间房间找，连壁橱和洗手间都找过了，全找不到。你爸爸急了，打电话回来问，把你妈也吓住了。我们连花园都找遍了，找到半夜两点钟，你妈不断打电话来问，我们实在没办法，才回到这儿来等！你如果再晚五分钟进门，我们已经报了警察局了！"

雪珂听着他的叙述，原来自己引起如此大的骚动。十一点多？她回想着，她离开徐家客厅时还不到十点。那么，起码，有一个多小时中，自己的存在与否根本不重要。她微笑了起来，站在房间中间，她就那样傻傻地、很可爱地微笑起来。"什么？你在笑吗？"唐万里扶着眼镜框，不信任地直看到她脸上来，"你真的在笑吗？你觉得很可笑吗？你把我们全体弄得团团转，你很得意吗？"

"雪珂！"徐远航沉声喊，"你这是什么意思？"他的眉头锁了起来。"噢！爸爸！"雪珂振作了一下，想收起脸上的笑，不知怎么，就是收不住。从昨夜起，她就变得这样醺醺

63

然的,老是要笑!她仍然微笑着,直视着徐远航。"爸爸,人不会在你眼前失踪的,永远不可能在你眼前失踪的!"

徐远航眉头皱得紧紧的,他盯着雪珂。

"你在说些什么?"他问。

"我说,"她清晰地、温和地,依旧微笑着说,"那间客厅虽然很大,每个角落都在你们视线之内,我怎么可能在你们的视线之内失踪?我又不会隐身术。所以,爸,我没有失踪,我只是走掉了!""走掉了!"唐万里哇哇大叫,"失踪和走掉了有分别吗?"

"当然。"雪珂不笑了,她注视着唐万里,"失踪是不见了,走掉了就是走掉了。"唐万里眼底一片迷惑。

"你在跟我玩文字游戏吗?雪珂,我知道你走掉了,因为你走掉了,所以你不见了。"

"不是,"雪珂拼命摇头,"你说反了,因为我不见了,所以我走掉了。""你故意把我的头绕昏,你刚刚还说,你没有失踪,怎么现在又说……""对我而言,我在那客厅里,早就失踪了。对你们而言,我是一个活生生存在的人,根本不应该失踪的……"

"好了!好了!"裴书盈忽然插口,打断了两人间的争辩,她走上前来,非常非常温柔地把雪珂挽在臂弯里,用手轻拍着雪珂的肩。她转向唐万里,息事宁人地说:

"别和她争了,只要她安全回家,就什么事都没有了。好了,你也累了一夜,先回去休息吧!雪珂也该睡觉了。远航,"她转头看那位"父亲","你也回去吧,免得家里人担心。"

徐远航凝视着雪珂，心里有些明白了。这就是雪珂，在她成长的过程中，徐远航一直有愧于做一个"父亲"，现在，这孩子长成了，出落得眉目如画，冰雪聪明。但，在她的血液里，有那么多遗传的因子，像她母亲！他下意识地看裴书盈，正好裴书盈也在看他，两人目光一接触，立刻就读出彼此的思想，也立刻就都转移了视线。徐远航心里有歉意，裴书盈心里有怨意。"好了！"徐远航从窗前走过来，仔细看看雪珂。"雪珂，不要太敏锐，"他语重而心长，"不要太好胜，免得苦了自己，也苦了别人。"他用手压压雪珂的肩膀，再低语了一句："打电话找你来，总是因为想着你，不是因为忘了你。好了，我先走一步。"雪珂像被人用钉子钉在地板上，她不能动，心中却突然被父亲这几句话，翻江倒海般引起一阵狂澜。她垂下眼睑，觉得眼眶发热，再抬起眼睑时，她眼里已有泪光。她看了看远航，再看了看痴痴伫立的母亲。怎么，每盏灯下都有故事，自己家里这盏灯下的故事，不能更美一些？更好一些？更温暖一些吗？爸爸啊，你看不出妈妈有多寂寞吗？你看不出我们母女一直需要你吗？可是，远航已经走到门口了，可是，远航已经转动门柄了。然后，远航出去了，走了……雪珂好像回到了六岁，爸爸出去了，走了，不再回来了。她蓦地醒觉，这是一盏昨夜之灯，早就熄灭了！千千万万的灯光，每晚在闪亮，也每晚在熄灭。今夜之灯与昨夜之灯不再一样。她惊醒过来，转回头，她发现唐万里还站在那儿发愣。

"你到哪里去了？"唐万里镇静地站着，眼底是一片固执,唇边,居然有受伤的表情,"你爸爸可以不问你,我还是要问你!""去一个小小的山巅,"她睁大眼睛说,"等阳光来闪耀我!"他深深吸气。"你在吃醋吗?"他率直地问,"你在生气吗?你生我的气吗?你受不了我抢了你的光芒吗?你走掉,是针对我而来了?你存心在整我吗?"他语气越来越高亢,越来越气愤,一夜未眠,以及一夜的找寻和焦灼,使他又倦又怒。雪珂那股毫无歉意的态度使他更加有气,他还没有达到能忍怒不言的涵养。"你破坏了一个晚会,破坏了一个我为你而参加的晚会,你觉得很得意吗?""我不得意。"雪珂静静地说,直视着他,"你也抢不了我的光芒,因为我从来不是发光体。我走开,只因为那房间太挤。抱歉,"她摇摇头,声调平稳。"对不起,唐万里,"她再说,眼光幽幽柔柔地看他,而且带着泪光,"我破坏了你的欢乐,对不起。"他瞪着她,她这样一道歉,一软化,使他完全崩溃了。尤其,她那含泪凝眸,若有所诉的眼光,使他心跳而血液加速了。他咬咬嘴唇,用手推推眼镜,心底软绵绵的,怒气已消,愤恨已去,取而代之的,竟是一片爱怜之情和水样的温柔。

"噢!"他喘口气,自己找台阶去下,"好了,你累了,我不跟你计较了。"他到墙角去,拿起自己的吉他:"你今天大概无法上课了,我帮你请天假。"

他背起吉他,大踏步走向房门口。雪珂看着他的背影,顿时,把这一起疯一起闹一起唱的大半年时光完全想了起来。仅仅一夜,一夜卷走了很多东西。阳光拥抱着小雨点,万家灯火闪掉了阳光。她心中凄楚,鼻子里酸酸地说了句:

"再见了！唐万里。"唐万里立刻站住，蓦然回首。

他的脚钉在那儿，他的眼光直勾勾地看着她，他的脸色变白了，嘴唇干燥了，他的声音涩涩地满带疑惑。

"雪珂！"他喊，"你怎么了？你不要这样怪怪地来吓我，我怎么都想不起来，我到底做错了些什么事！""没有。"雪珂轻轻摇头，泪珠泫然欲坠，"你没有做错任何事，唐万里，你很好，你真的很好。你一直是你自己，没有变……好了，再见了！"

她反身奔向卧室。唐万里抛下了吉他，一个箭步，他冲上前去，及时捉住了她。他用力扳转她的身子来，用双手牢牢地钳着她的胳膊，他在眼镜片后的眼睛，从来没有这样迫切过，从来没有这样恐惧过，也从来没有这样担忧过。他那一向嬉笑的嘴角，此时充满了紧张。他盯着她，哑声问：

"昨晚到底发生了什么事？"

"什么都没有，"雪珂含泪说，"让我走吧，我想去睡一下。"

"听着，雪珂！"唐万里一个字一个字地说，"我是个马马虎虎、凡事都不留心的人。你常常怪我不够体贴，不够温柔，不够细腻。可是，我就是我。我不是任何人塑造的模型，也不是可以迁就你，单单为你而活着的人。我知道昨晚有事发生了，我知道你的失踪并不单纯。但是，现在，我不会再问你，也不会再追究了，因为我先要衡量衡量自己有没有追究的资格！不过，在你进卧房之前，我要告诉你一句话：我还不准备和你说再见！人生有缘相聚并不容易，要说再见也没那么容易！现在，你去睡觉，我坐在这儿等你！今天下午，你有节电视原理课,对你非常重要,我等你到上课时间,陪你去上课!"雪珂那么惊奇,她抬眼看着唐万里,几乎不相信这些话是从他嘴里说出来的,他脸上的那种固执和眼底的迫切使她完全震动。突然间,她就觉得这些日子来,她从没有好好地去了解过唐万里,从没有深入地去观察过他。原来,他那嘻嘻哈哈、弹弹唱唱的外表下,也藏着颗敏感而多情的心!她哑然无语,只是困惑地看他。

裴书盈目睹这一切,到这时,她才也用崭新的目光,去衡量那个曾经解释"将年少滴落"的唐万里。或者,年少会在一夜间成为过去。所有的"成长"都是在不知不觉间来临的。她走了过去,充满感动和关怀的情绪。

"雪珂,你和唐万里好好谈谈吧,有什么误会,都可以解释清楚的!我先去睡了。"

裴书盈悄然退下,房里剩了雪珂和唐万里两个人。

唐万里放开了雪珂。雪珂跌坐在沙发里,一时间,既无睡意也无思想,她呆坐在那儿,朦胧地体会到,自己的世界被搅得乱七八糟了。唐万里呢?他几乎没再看雪珂,拿起吉他,他盘膝坐在地板上,自顾自地唱起歌来:

> 不知道有没有爱过你,
> 不知道你对我的意义,
> 只知道见到你时我满心欢喜,
> 而别离时候——我什么、什么、什么都不如意……

第八章

三天后。大约是凌晨五点钟，雪珂床头的电话铃忽然响了，她像反射动作一样迅速，立刻拿起了听筒。三天来，电话机已经变成了她的折磨，那晚在阳明山巅，她曾给他一个号码，这三天，她就好像在为电话铃而活着。等待，等待，等待……每分每秒的等待，像千千万万种煎熬。她一生从来没有这样强烈地体会到"等待"的滋味。

"喂？"她对着听筒低语，心里还有些不肯定，很可能是唐万里打来的，唐万里这三天都疯疯癫癫地痴缠着她。"哪一位？我是雪珂。"她先报出名字来。

"雪珂。"叶刚的声音低沉而有力，近得就在耳边，她几乎可以听到他的呼吸声。这一声呼唤已使她全心激动：谢上帝，她想，他没有忘记她！谢上帝，他记得这电话号码！谢上帝，他肯拿起听筒拨号给她！"雪珂，你听好，"他清楚地说，"穿上衣服，我给你十分钟时间，我在你家公寓外面的电话亭，你拉开窗帘就可以看到我！十分钟，你穿好衣服下楼来，我在这儿等你，过时不候！"

十分钟？她还没喘过气来，电话挂断了，她飞快地跳下床，直冲到窗边，拂开窗帘向外望，果然，对面的街边上，他的野马停在那儿！而他，正斜靠在电话亭上抽着烟呢！天色那么早，满街都是雾蒙蒙的，他就站在浓雾里，什么都模糊，他烟蒂上那点"小火光"仍然熟悉地闪亮，在向她打着"召唤"的信号。十分钟，他只给她十分钟呢！多霸道的男人！她跌跌撞撞地冲进浴室，闪电般洗脸漱口，抓着发刷，胡乱地刷了刷头发，几分钟去掉了？她心跳到了喉咙口，要等我呵，叶刚！不能太没耐性呵，叶刚！不能真的"过时不候"呵，叶刚！打开衣橱，她放眼看去，红橙黄绿蓝靛紫，老天，该穿哪件衣服？叶刚，你喜欢什么颜色？竹子？竹子！绿色！她抓了件绿色洋装，匆忙间把脑袋套进袖口里去了。急啊，忙啊，乱啊，总算把那件淡绿色丝质洋装穿上了，临时又找不着皮带，一急，抓了条白色长围巾往腰上一绑。几分钟去掉了？来不及想，来不及算，拿起一个小手袋，她往大门口冲去。

"雪珂！"母亲的声音在卧房里喊了起来，"是你吗？这么早去上学吗？""噢，妈妈！"她扬声喊着，"今早有急事，我走了！晚上回家再告诉你！""你吃了早餐吗？"裴书盈在喊，"喝了牛奶吗？"

"哦，妈妈，我吃了！吃了！"她胡乱地答着，飞快地逃到大门外去了。冲下楼梯，奔出公寓。街上全是雾，天才蒙蒙亮，街道空旷而安静，楼阁亭台，皆在雾色里！多美的雾呵！多清新的空气呵！多诗意的清晨呵！她穿过街道，直奔向那伫立在街边的人影。叶刚丢掉了手中的烟蒂。双手抓住了她的手。他定睛看她，有两秒钟，他们站在那儿，只是彼此互望着。然后，他把她轻轻一拉，用胳膊圈住了她。她把头贴在他肩上，嗅着他身上那香烟与胡子膏混合的气息，觉得再没有比这味道更好闻更男性的了。他在她耳边低语了一句：

"你清新得像早晨的露珠。"

小刺猬变成小露珠了！她喜欢。他说什么，她都喜欢。他用手捏捏她的肩膀："你怎么穿得这么薄？"他低问，带点儿责备，"天气还冷呢！"真的，才三月呢！真的，早上的空气清冷，风吹在身上都凉凉的！可是……老天，他只给了她十分钟呢！挑颜色就去掉了两分钟呀！她抬起头来，不解释，只是望着他傻傻地笑。"快上车来！别冻着。"他开了车门。

她钻进车子。他坐上驾驶座，立刻，他发动车子，向前面驶去。她痴痴地、微笑地看着他，心里一片暖洋洋的喜悦。她根本不看车窗外面，不在乎他要带她去什么地方。他一只手驾着车子，一只手伸过来，把她那纤小的手，紧紧地握住了。"昨天早晨，我也来过。"他忽然说。

"什么？"她惊问，"真的？"

"不只昨天早上，还有前天早上。不只早上，还有晚上。"

"真的？真的？"她闪动睫毛，不相信。"那个会唱歌的男孩子，他——叫什么名字？"

"唐万里。""是的，唐万里。我看到他接你上课，我看到他送你回家。我在问自己，是不是一定要搅乱你的生活？我觉得，我最好的办法是不要再出现。"她凝视他，依然微笑着。

"可是，你仍然出现了。"她说。

"是的。"他回头看她一眼，突然转换了话题，"你十分钟之内，怎么能做好那么多事？"

"你真预备过时不候吗？"她有些惊悸地反问。

"可能。"他说，坦白地瞪了她一眼，"但是，也可能做不到。""哎呀！"她轻喊出声。"你太霸道了，太任性了，太自私了，太可怕了……"她住了口，看他，他正微笑着，转了个弯，车子驶向了一条平坦的公路。她歪了歪头，笑了："这种借口没什么道理。""什么借口？""十分钟呵！"她说，"你今天不等我，明天还会来，明天不等我，后天还会来！""那么有信心吗？"他问。

她摸着他的手指，那手指粗大，骨骼突出，一只男性的手。她看他的脸，额是额，鼻子是鼻子，眼睛是眼睛，轮廓分明，一张男性的脸。她忽然有些惶恐，不，她没信心，她一点信心都没有。这男人是那么笃定，那么有个性，他永远是他自己的主人，他不会把他的生命感情和一切，交付给别人。"没有。"她说了，"我没有信心，所以，我十分钟之内赶下楼来，差一点把牙膏挤到梳子上去了。"

他回头，微笑的眼睛里闪满了热情。

车子行行重行行，终于，车子停了。

"我们下车走走吧!"他说。

她下了车,居高临下,她惊讶地发现,他们又高高在一个山顶,从这儿往下看,看不到一点儿都市的痕迹,却可以看到山下的河谷,一条小小溪流,正蜿蜒地伏在谷底,出口处,连着海洋,海面,太阳正缓缓升起,一片霞光,烧红了天,烧红了海,烧红了河谷。连那翠绿的草地,都被日出染上了金光。他搀着她,他们并肩看着日出,那太阳的升起是令人眩惑的、令人不敢逼视的、令人屏息的。她呆呆伫立,山风扬起她的头发,扬起她的裙子,而雾,那白茫茫的雾气,仍然挂在她的裙角。他把目光从日出上,转到她的面庞上。她一脸的光彩、一脸的虔诚、一脸的感动。"哦!"她长长吐气,"我从不知道日出有这种'魄力'和这种'魅力'!它让人变得好渺小好渺小啊!"她倏然回过头来,紧盯着他:"为什么专门带我到这种地方,这种让我迷失,让我喘不过气来的地方?"

"它们也让我迷失,让我喘不过气来!"他说,"当我偶尔情绪低潮的时候,我就会到这儿来看日出,吸收一点太阳的精华,看一看那光芒万丈的彩霞,那辽阔无边的海洋,会让人胸襟开旷。"他紧紧地看着她,阳光闪耀在她发际嘴边。"我情不自已地把你带来,想让你和我共用一些我的精神世界。"她深深切切地看他。然后,她没有思想的余地,就投进了他的怀中。他紧紧拥着她,找到了她的唇。他急切而热烈地吻着她,深刻地,缠绵地,炙热如火地吻着她,一切又都变得热烘烘了。阳光烤热了她的面颊,烤热了她的唇,烤热了凉爽的空气,烤热了他们的心。片刻,他抬起头来,看她。她满怀激动,心脏狂跳,而血液在体内疯狂地奔窜。从没经历过这种感情,从没体会过这种狂热。她觉得眼中蓄满了泪,而且流到唇边来了。

他吮着那泪水,慢慢抬起头来,用双手捧着她的脸,他注视着那湿湿的双眸。"为什么哭?"他低问。

"因为太高兴了。"他虔诚地拭去那泪痕。浑身掠过了一阵战栗。

这战栗惊动了她,她问:

"怎么?有什么事不对吗?"

"是。"他低语,"怕我配不上这么纯洁的眼泪。事实上,你对我几乎一无所知。""我知道得够多了。"她说,微笑起来,把面颊贴在他胸口,倾听着他的心跳。她的双手,紧紧地环抱着他的腰。"我知道你以前的故事,多得像万家灯火;我知道你的思想,深远得像高山森林;我知道你的感情,强烈得像日出;我知道你的心灵,深不可测,像海洋。"她叹口气,"还有什么是我需要知道的?"他更深地战栗。用力拉开她,他凝视着她。

"雪珂,"他轻呼,"我真怕你!我真怕你!"

"怕我什么?""怕你这份本质,你美化每一件事情。怕你让我变得渺小,怕你让我变得懦弱!""你也怕过林雨雁吗?"她脱口而出。

他把手指压在她唇上。

"嘘!"他温柔地轻嘘着,"不谈她,行不行?"

"是。"她懊悔而温顺,"对不起。"

"是我对不起你。"他说。

"为什么?""应该更早认识你,应该在你我之间,没有加上别人的名字。应该——"他咬咬牙,呻吟着,"或者,应该让那个男孩拥有你!"她有些恍惚。脑中飞快地闪过唐万里的名字,她摇摇头,想摇掉那名字,他的目光穿越着她的思想。

"不敢要求你。"他说。

"什么?"她不解地。"不敢要求你离开他远一点,那个唐万里。也不会要求你,也不愿要求你。更不能要求你!"

"但愿你敢,但愿你会,但愿你要!"她很快地说,有些懊恼,"是的,这就是我不了解你的那一面。"

他沉默了,握着她的手,他带她往后面的山林里走去。那儿有一条小径,直通密林深处。小径上有落叶,有青苔,有软软的细草。小径旁边,草丛里生长着一朵朵嫩嫩的小紫花。他们默默地在小径上走着,远处,传来庙宇的晨钟声,悠然绵邈的,一声接着一声,把山林奏得更加庄重,更加生动。

"雪珂,"他忽然说,"我不够好!我不是女孩子梦想中的男人!""别说!"她惊悸地睁大眼睛。"给我时间,让我能了解你!放心,"她急急地握他的手,"我不会变成你的包袱,更不会变成你的牵累。你知道你是什么?"

"是什么?""你是只孤鹤,你只要自由地飞翔,自由地停在任何地方,停在凤凰木上,停在梧桐上,停在竹子上,或者,停在芦苇上……哦,芦苇太脆弱了,它无法承受你。

但是，其他那些树木，还能承受你！"他站定了，两眼幽幽地闪着光。

"雪珂！"他喊了一声。

"嗯？""我不能给你什么。""我知道。""一切世俗的东西都没有。"他再说。

"我知道。我没有要求什么呀！"

"雪珂！"他低喊，突然把她拥入怀中。他在她耳边飞快地说："你太聪明，你太灵巧，你太敏锐，你太动人……你有太多的太字！雪珂，我真气我自己这样被你吸引！"他把耳朵紧压在她耳际的长发里，终于冲口而出："离开他远一点！"

她屏息。"你说什么？"她以为自己听错了。

"在我后悔说这句话以前，你听清楚。离开他远一点，每天看他接你送你，我会疯掉！"

她猝然把头埋进他宽阔的胸膛里，眼泪迅速地涌了出来。

"你无法命令我做任何事，"她坚定地说，"我会离开他，不为你，而为我和他，我不能欺骗他的感情，也不能同时爱两个人！你没说过那句话，我也没听到那句话！你听好，假若我离开他，是为我自己，与你无关！我既不要你的保证，也不要你的承诺！更不要你有心理负担！我和你一样自由！"

他的背脊挺直，眉毛高高地扬了起来，他用手搂着那小小的肩，感到那肩头的力量。是的，她是一枝竹子，一枝孤高傲世、超然挺立的竹子！她不会成为他的负担，她不会成为他的牵累……可是，在这一瞬间，他几乎认为自己希望有这份负担，要这份牵累。

第九章

唐万里盘膝坐在裴家的地板上，抱着吉他，对雪珂反反复复地唱着一首他新谱的歌：

蜗牛与黄鹂鸟，城门和鸡蛋糕，
都是昨夜的名词，昨夜已随风去了。
今天的歌儿改变，每个音符都在跳跃，
跳跃，跳跃，跳跃，
跳跃在你的头发上，跳跃在你的眼光里，
是你的每个微笑，是你的每个微笑，
把我的音符弄醉了。

他唱得很生动很迷人。但是，雪珂并没有微笑。她坐在沙发里，猛啃着自己大拇指的指甲，把那指甲都啃得光秃秃的了。她心里乱糟糟的，情绪紧张而不安定。今天下午唐万里没课，是她把他拉回家来，想好好地谈一谈。下午，妈妈去上班，家里没有人，她正好利用这个机会，和唐万里摊牌。

她不知道这位七四七有没有预感，或者他根本不准备让要发生的事发生。他一进她家门，就踢掉鞋子，盘腿而坐，抱起吉他，对她唱起歌来了。好一句"是你的每个微笑，把我的音符弄醉了"！说真的，雪珂喜欢这支歌，好喜欢好喜欢这支歌，胜过了《如果有个偶然》，胜过了《阳光与小雨点》。只因为它那么"生活"。蜗牛与黄鹂鸟，城门与鸡蛋糕，少年的词句都随风去了。今天，今天，今天的七四七可能要从云里雾里落到地面来了。她不啃手指甲了，从沙发里站起来，她必须有勇气开口！悄眼看他，他面容坦然，眼睛闪亮，唇角带着笑意。哦，他不知道她要说什么吗？还是他不肯去知道！他那么年轻，进了大学，就为了掌声和包围而活着，他的词典中，从来就没有"被拒绝"这个怪名词！

她去给自己倒一杯水，心里模糊地想着开场白。她的喉咙又干又涩，必须喝口水，清清嗓子再说。倒了水还没喝，唐万里坐在那儿开了口："也给我一杯！"她把杯子拿到他面前去，他仰头看看她，伸手握住她的手腕，然后低下头，就着她的手，去喝杯子里的水。她望着那颗满头乱发的头，一时间，真想把这脑袋抱在怀中，大喊一句："让那些意外都没发生！"真的，如果不遇到叶刚，她的世界里就只有七四七了。她低头看他，他一口气把水完全喝光，抬眼对她微笑，眼镜片闪着光，眼睛也闪着光。

她再倒了杯水，喝完了，放下杯子，她满房间乱绕，走来走去，走来走去。两只手在裙褶中绞来绞去。他又在调弦了。拿着弹吉他用的小塑胶片（PiCk）拨着每根弦，歪着头去听那弦发出的音响……她突然停在他面前了，下定决心，一本正经地说："放开那把吉他！唐万里，我有话跟你谈！"

"尽管说！"他头也不抬，继续调弦，"我听得见！"

"唐万里，"她很快地、坚决地、一鼓作气地说，"你一直是个好潇洒、好引人注意的人，在学校里，你是个响当当的人物，在校外，你的名气也不小。很多女孩子喜欢你，你自己也知道……所以，我对你不算什么……"她住了口，这个开场白很坏很坏，她睁大眼睛，咽了口口水，望着他。他的弦声停了停，又继续响起来，叮叮咚咚的，声音失去了和谐，变得有些尖利而刺耳。"你到底想说什么？"他粗声问。

"唐万里！"她被他一逼，冲口而出，"我要和你分手，我心里有了别人！"一声碎裂声，吉他的弦被他弄断了，同时，他手中那小圆片锋利的边缘，直切进他的手指肌肉里。他摔开吉他，从地上直跳起来，苍白着脸骂了句："他妈的！"

鲜红的血液从他手指上冒出来。雪珂一惊，本能地冲上前去，只看到他紧握着手指，而血从伤口中往外冒，一直滴到衣服上，她吓呆了，扳开他的手去看，惊喊着："怎样？怎样？怎么切了这么深一条？"

他用力从她手中抽出自己的手来，推开了她，他往浴室跑，寒着脸说："放心！流这么点血不会要了我的命！"

她跟着跑进浴室，他放开水龙头，用自来水冲着伤口，她找出红药水、消炎粉和OK绷，嘴里急急地嚷着："不要用自来水，当心细菌进去！过来，我给你上点药，包起来！"他伸手抢了一块 OK 绷，不管三七二十一地往伤口上一贴，反身就又奔回客厅里去。她拿着消炎粉追出来，一个劲儿地喊着："不行不行，你一定要消消毒，上上药！要不然伤口会发炎……"他站住了，挺立在她面前。他伸手从她手里取走了消炎粉的盒子，丢在茶几上。然后，他迅速地拉住她，把她拉进怀里，他的头俯下来，嘴唇紧压在她唇上。

她像被火烧到般惊跳，用力推开他，她僵直着身子，退了好几步才站稳。瞪大了眼睛，她一眨也不眨地盯着他，用牙齿咬紧了嘴唇，半天，才费力地吐出几个字来：

"不行。唐万里，不行。"

他站着，挺直得像一根树干。他脸上毫无血色，嘴唇发青。他的眼睛直视着她，那嬉笑的神情已完全消失。他在重重地呼吸，胸膛急促地起伏着。

一时间，室内好安静，安静得让人心慌，安静得让人恐惧，安静得让人痛苦。

似乎过了一个世纪之久，他终于开了口，声音沙哑："他是谁？"

她用舌头润着嘴唇。"你不认得的人。"她勉强地，挣扎着说，"你也不需要知道他是谁，那并不重要。"

他僵硬地点点头。"你在徐家遇到的人！"他清晰地说，声音压抑而痛楚地从他齿缝中迸出来，"那失踪的一夜。我早猜到了，你不会一个人失踪。"他狠命咬牙，咬得牙齿发出摩擦的声响。"听着，雪珂。那天晚上是我不好，我忽略了你，"

他费力地说，费力地在控制自己的骄傲，"不过，用这种方式来惩罚，未免太严重。""不是惩罚，不是惩罚！"她喃喃地说，泪水就一下子冲进了眼眶。怎么？她心里拼命在骂自己，你要和他分手，怎么又痛苦得像要死掉？唐万里啊唐万里，她心中在喊着，你是满不在乎的，你根本弄不清楚什么叫"爱"的，你和我只是玩玩的……你不在乎，你不在乎，你一定要不在乎！她吸气，忍着泪，声音颤抖着："唐万里，你瞧，你暑假就毕业了，然后你要受军训，然后你可能出去留学……大学生之间的交朋友，本来就前途渺茫……不，我真要说的不是这个，而是……而是……而是……""别说！"他急嚷，冲过来，他再度抓住她的胳膊，他眼底是一片令人心碎的惊慌失措。"不要说，不要说。"他低语，"雪珂，那天你站在游泳池里，一脸的无助，满身的阳光。那天，你已经拴牢了我。当我游到你身边，把手伸给你的时候，你可以不接受的，你可以不理我的。如果早知道有今天，那时你为什么要理我？"他摇头，拼命摇头，抽了口气，他自言自语地说："讲这些都没有用，讲这些都没有用……"抬眼再凝视她，他眼底的仓皇转为恐惧，除了恐惧以外，还有深深的伤痛。那么深，那么深，雪珂几乎可以看到他那颗骄傲、自负、快乐、年轻的心，已经被打击得粉碎了。

"唐万里！"她挣扎地喊着，泪珠在睫毛上，"你听我说，我抱歉，我真的抱歉，说不出有多抱歉……"

"不要说！不许说！"他阻止着，眼眶涨红了，"雪珂，你只是在跟我生气，我并不是木头，我知道你在生气。你太纤细了,而我太马虎了。雪珂,"他哑声说,"我会改,我会改。上次,我说不迁就你,那是鬼话!我迁就你,迁就你……"他闭了闭眼睛,脸色从没有如此阴郁:"我发誓,我会改好,我会!"她再也忍不住,眼泪扑地滚落了下来。她越想控制眼泪,眼泪就流得更凶,她吸着鼻子,还想要说话。而他,一看到她掉泪,就发疯了。他用双手紧抱着她,疯狂地去吻她的眼睛,吻她的泪,嘴里嘟嘟的,语无伦次地叽咕着:

"我不好,我太不好。我一直被大家宠坏。我的自我观念太强,我不懂得如何去爱别人,我甚至不懂得什么叫爱!现在我知道了……原来失去你会让我怕得要死掉,那么,这一定是爱了。雪珂,我自私,我小气,这么久以来,我们相处在一块儿,我甚至吝啬于去说一个'爱'字,我总觉得这个字好肉麻,总觉得不必去说它!我是傻瓜!我笨得像个猪!雪珂,你心里不可能有别人,那个人绝没有这么大的力量,在短短几天里让你改变!让你改变的是我,我的粗心,我的疏忽,我的自私,我的盲目和自大……这些该死的缺点让你伤心,是我伤了你的心,是我,是我,是我……那个晚上,掌声让我迷失,我居然去注意别的女孩而疏忽你,是我该死……"

"不!不!不!"她低喊着,慌乱地想挣开他的胳膊,但他把她箍得死死的。泪水如泉涌出,奔流在她脸上,掉落在他们两人身上。她的心脏绞扭成了一团,她的思绪也乱得像麻一样了。再也没有想到摊牌会摊成这样的场面,再也没想到,整日嘻嘻哈哈的唐万里,会说出这些话来。更加没想到的,是他那份感情!不能相信,真不能相信!他从没有这样强烈地向她表白过!从没有这样低声下气、委曲求全过!他是那么粗枝大叶的,是那么满不在乎的!"不!不是你错!"她哭着低喊,"唐万里,你一定要听我说!不要打断我,你一定要听我说!事情已经发生了,第三者已经介入了!我不能骗你……"她哭得更厉害。"我……我……我还是你的好朋友,永远是你的好朋友!男孩和女孩之间,除了爱情,还有友情,是不是?是不是?"他停止了嘟囔。他盯着她看。他用衣袖为她拭泪,手指抓着袖口,他把衣袖撑开来,吸干她的泪痕。很细心,很专注地吸干那泪痕,好像他在做一件艺术工作似的。"为什么要哭?"他低声问,"摆脱一个讨厌的男孩子用不着哭!""你明知道你不讨厌,你明知道你是多可爱的!"她嚷着,从肺腑深处嚷了出来。他歪了歪头,眼光怪异。

"谢谢。"他短促地吐出两个字来。放开了她,他转身走开,去找他那断了弦的吉他。拿起吉他,他挺了挺背脊,深呼吸,扬着下巴,似乎努力想找回他的骄傲和自信。然后,他走向房门口,他终于走向门口,预备走掉了。他的手搭在门柄上,伫立了片刻。"明天,还要不要我来接你去学校?"他忽然问,并没有回头。"不。"她用力吐出了几个字,"不用了。"

他转动门柄,打开房门,他身子僵得像块石头。举起脚来,他预备出去了。忽然,他"砰"地把房门关上,迅速地转过身子,背脊紧贴在房门上,他面对着她,没有走。他在房门里面。"告诉我怎么做,"他大声说,"怎么做能让你回心转意？告诉我！"她惊悸地睁大眼睛，惊悸地摇头。

他眼中充血，布满了红丝，他看她，眼神变得狂乱而危险起来，他生气了，他在强烈的压抑之后，终于要爆发了。她把整个身子靠在墙上，下意识地等待着那风暴。等待着他的怒火与发作。他又向她一步步走过来了，青筋在他额上跳动。他左手还拎着他的吉他，他的右手僵僵地垂在身边。他逼近了她，抬起右手，他想做什么？掐死她？

她一动也不动，眼睛静静地、茫然地大睁着。

他的手摸着她的脖子，手指因弹吉他而显得粗糙。他的手滑过那细腻的皮肤，往上挪，蓦然捏住了她的下巴。他用力捏紧，她颊上的肌肉陷了进去，嘴唇噘了出来，她因疼痛而轻轻吸着气。"你怎么可以这样做？"他憋着气问，"你怎么可以把一段感情说抛开就抛开？你怎么可以轻易吐出'分手'两个字？你的心是用什么东西做的？大理石？花岗岩？你——"他咬牙切齿，"怎么可以这样冷血？这样残酷？这样无情？"

她死命靠在墙上，死命吸着气。

他忽然放松了手，把嘴唇痛楚而昏乱地压在她唇上。

她没动，她和他一样痛楚，一样昏乱，而且软弱。

他抬起头，眼眶湿漉漉的。

"世界上的女孩，绝不止你一个！"他甩了甩头，认真地说，"祝你幸福！"他很快地转身，大踏步走向门口，转动门柄，这次，他真的走了。她目送他的身影消失，眼看着房门合拢。她忽然像个泄了气的皮球，整个人都瘫下来了。

第十章

一段昏昏沉沉的日子。

唐万里不再接她上课,送她回家了。但是,在学校里,他们还是要碰面,遇到了,他总是默默地瞅着她好一会儿,然后一语不发地掉头离开。她想跟他说话的,可是,说话变得那么艰难了,她不知道该说些什么。这才体会过来,男女之间,假若结束了一段情,就会连友谊都不存在。唐万里虽不说话,他浑身上下,都带着隐隐的谴责与恨意,这吓住了雪珂,她开始极力避免和他见面了。

而另一方面,她几乎和叶刚天天见面了。叶刚有时会开车来学校接她,因而,两个男生曾遥远地打过照面。这影响很不好。唐万里的几个死党,阿光、阿礼、阿文、阿修都气坏了。阿文就曾经在餐厅里,大庭广众下,摩拳擦掌,捶着桌子大叫:"这年头,女孩子虚荣得离了谱,谁家有车子跟谁跑!阿光!咱们砸车子去!""不要没风度,"比较成熟的阿礼说,"车子不是关键,关键在于我们还是学生,学生就有那么多无可奈何!可能,七四七缺少的是年龄、经验和手腕。""不管关键在哪儿,"阿文叫得整个餐厅里都听到,"我发誓要去砸车子!咱们学校,好像专门出产这种女孩,以前有著名的古家大小姐,现在又来个裴家小妹子!"

古家大小姐指的是有名的学士影星古梦,以唱西洋歌曲闻名而走上影坛,一时间,名流才子,富商巨贾,都曾拜倒在她石榴裙下。"如果去砸车子,不如去砸人!"阿光一语中的,"砸车子有什么用?""你们每个人都少动!"唐万里阴阴郁郁地开口,"不要让别人嘲笑我唐万里!输了就输了,难道还撒泼耍赖吗?"

餐厅这一幕,第二天就被雪珂最要好的女同学郑洁彬绘声绘色、添油加醋地说给雪珂听了。郑洁彬最后还用崇拜的、惋惜的语气,幽幽然地加了一句:"那个七四七啊,实在是个人物!真不懂你怎么会放弃七四七!"雪珂默然不语。七四七,唐万里。她心中恻恻然、凄凄然、惶惶然,充满了酸楚之情。但是,当她见到叶刚的时候,就什么都忘了、什么都记不住了、什么都顾不得了,眼睛里就只有叶刚了。叶刚不会对她唱情歌,叶刚不会对她弹吉他,叶刚也不会说些古里古怪的话让她笑痛肚子。叶刚是完完全全另外一种人,他深沉、孤傲、性格成熟而男性。在唐万里面前,雪珂觉得自己是个"女孩",在叶刚面前,她觉得自己是个"女人"。这一字之差是相当微妙的,或者,在每个"女孩"的某段时期中,都渴望自己像个"女人",雪珂刚好在这段时期里。餐厅风波之后,雪珂不让叶刚去学校接她了。他们总约好在某个地方碰面,然后他开车带她去各种地方,包括他的单身公寓。第一次发现他住在"上品"大厦的一个单身公寓里,使她十分惊奇。那间公寓是个小单位,只有一厅一房,装修得很男性,墙上完全用黑白两色的建材拼成条纹图案,地毯是白的,沙发是黑的,所有家具,一律用黑白二色。给人的感觉既强烈,又单纯。那晚,她是从学校直接和他会合,一起吃了晚餐,就到了这公寓。进屋后,他对她微笑地说:

"我叫这儿作我的第三窟。"

"'第三窟'?多奇怪的名词。"

"我是只狡兔。"他笑着,给她冲了杯热茶,"你知道狡兔有三窟。我的第一窟是我父亲家,在敦化南路的环球大厦,我很少住在那儿。我的第二窟,在南京东路我办公大楼里,有时我工作得很晚,就住在那儿。这里,是我的第三窟……"

"当你交女朋友的时候,"她很快地接嘴,"你就带到这儿来。"他斜睨着她。唇边欲笑不笑的。

"不要太敏锐,"他说,"人,迟钝一点比较好。"

"那么,我说对了。"她环视四周,墙上有张画,黑白的素描,画着一片莽莽苍苍的原野,原野上有栋孤独的小房子。她对着那张画出神。"你说错了。"他稳定而安详地说,"你是第一个走进我这公寓里的女孩。"

她从画上收回眼光,瞪视他。

"骗人!"她说。"决不骗你!"他肯定地说。

"包括——"她没说下去。

"包括任何人！"他把她牵到沙发边，"你为什么不坐下来，让自己舒服一点？"她坐进沙发里，再看这房子，纯白的地毯纤尘不染，黑色的巧克力茶几黑得发亮。沙发中，有几个白缎子的绣花靠垫，她拿起来，白缎上很中国化地绣着几枝墨竹。竹子潇洒挺秀地伸着枝丫，几片竹叶，栩栩如生地、飘逸地、雅致地点缀在枝头。她忽然明白他叫她坐进沙发里的原因了。她打赌这靠垫是为了带她来而定做的。她抚摸着靠垫上的竹叶，心中模模糊糊地涌起几个句子，是她在书上看来的。她不知不觉就喃喃地念了出来："问谁相伴？终日清狂。有竹间风，樽中酒，水边床。"

"你在叽咕些什么？"他新奇地问。

她抬眼看他，心中充塞着某种奇异的诗情画意。

"你说这间公寓只有我来过？"她说，"我好像看到一个孤独的你，在这房里度过的朝朝暮暮。我刚刚在念几句宋词，我背不出全体的。可是，里面就有这样几句，前面还有两句，说的是那个人怎样孤孤单单地度过年年岁岁。"

他在她身边坐下来，凝视着她的眼睛，低声说：

"念给我听。"

"我把它改一改好吗？"

"好，随你怎么改。"

"那人已惯，抱枕独眠，任盏盏孤灯，催换年光。"她喃喃地、优美地、柔和地念着，"问谁相伴，终日清狂？有朝朝日出，竹叶鸣廊。"她把"灯海"和"日出"都嵌进句子里，不只灯海和日出，还有竹子。

他更深地看她、更低地说：

"再念一遍。"

她卷着嘴角，微笑。"干什么？"她问，"念这些古董，不是有些傻气吗？"

"请你再念。"他说，"我从没听过这么好听的句子。那些灯海、日出、竹叶，不是古董吧？"

"不，不是。"她说，于是，她又念了一遍。

他拥她入怀，吻住她。好温柔好温柔地吻住她。抬起头来的时候，他的眼睛深黯得像海，有海般的蕴藏，有海般的平静，有海般的疯狂。"不行。"他说。"什么东西不行？"她不解地问。

"你。""我怎么了？""你让我陷得太深。不行，雪珂！想办法离我远一点。我不能陷下去。从来没有这样的经验，从来没有这样神魂颠倒。我觉得我像站在一个太空隧道的入口，马上就要掉进去，然后我会飘呀飘的，身不由己地飘到你的世界里，被你牢牢地困住。"她看了他好一会儿，然后，她的手围上来，围住了他的脖子，她低低地、轻轻地说："好好爱我，不要怕我。我永远不会用未来、责任，或者婚姻来拘束你，我并不了解你这种人。可是，你存在着。而我，我很贱！……"她用了一个很重的字"贱"，"或者，人性都很贱，有人要把他的全世界给我，我不要，却甘于在你这儿占一席之地。"他打了个冷战。"再也不许用那个'贱'字！"他说，"如果你有这种感觉……""你就把我放掉？"她敏锐地接口。

"雪珂!"他喊着,"人不能太敏锐。"她又接口:"唉!叶刚,"她叹气,"你把我的生活已经弄得乱七八糟了,而我甘愿!甘愿!甘愿!你猜怎么,我像《猫桥》里的瑞琴。"

"猫桥是什么?"他又新奇地问。

"是一本翻译小说,德国作家苏德曼的作品!不要问我它写些什么?去找这本书来看看。"

"好。"他应着,"你脑子里还有些什么古里古怪的东西?"

"现在吗?"她反问,"是的。唯一的东西:你。"他惊叹。把她的头揽在胸前,紧紧紧紧地拥着。

日子就是这样迷失而混乱地滑过去,每个迷失中有他的名字:叶刚,叶刚,叶刚。不知道怎么会陷得这样深,不知道怎么会这样疯狂和沉迷。每天等着和他见面,每次相聚就是一次狂欢。这种生活是瞒不了别人的,这种生活是反常而怪异的。裴书盈在惊怯中去发现了这个事实:七四七不再来了,雪珂正飘离在"轨道"以外,失去了航线,失去了方向。

于是,一个深夜,裴书盈等着雪珂回来。

"雪珂,你为什么不把他带上楼来?"她问,"我从来没有妨碍过你交男朋友,是不是?如果你在逢场作戏,你不能把戏演得这么过火。如果你在认真,就应该把他带来,让我也认识认识。""哦,妈!"雪珂愣着,"你最好不要见他。"

"为什么?""因为——我跟他是不会有结果的。"她几乎是"痛苦"地说。裴书盈陡地一惊:"怎么?他是有妇之夫?"

"不,不是。他没结过婚。"

"那么,你并不爱他?"

"哦，不！"雪珂长叹着，坦白地说，"我真想少爱他一点，就是做不到！"裴书盈大大地惊慌而且注意了。

"雪珂，"她有些紧张地说，"你最好跟我说说清楚，他是怎样一个人。""他是个深不可测的人，"雪珂正经地说，"我到现在还不能完全测出他的分量，也不能完全看透他。他像森林、像海、像夜、像日出……带给我各种惊奇，震动，和强大的吸引力。哦，妈妈，"她无助地说，"我完了，我这次是真真正正地完了！"

裴书盈瞪着雪珂。心里乱成一团，那种母性的直觉已经在唤醒她，不对劲了。什么都不对劲了，这个像森林、像海、像夜、像日出的男人一定颇不简单，能让雪珂如此神魂颠倒一定不简单，像森林、像海、像夜、像日出……是"神"吗？还是"鬼"？"为什么你说'完了'？"裴书盈提着心问，"如果你能这样爱他，也是件好事。为什么不让我见他？"

"因为……因为……"雪珂困惑地蹙着眉，"我怕把他吓跑了。我不敢，他不是那种男人，他不属于家庭和婚姻，他是个独身主义者！""什么？"裴书盈错愕地瞪大了眼睛，"什么叫不属于家庭和婚姻？如果是独身主义者，为什么要恋爱……"

"妈妈！"雪珂激烈地喊，"你不至于认为恋爱的目的都是要结婚吧！你比一般母亲更该了解到，婚姻可能是爱情的刽子手！你也结过婚，剩下了什么？妈妈，或者独身主义者，都是这类家庭的副产品！"裴书盈的脸色刷地变白了。她动也不动地坐着，顿时哑口无言。雪珂立刻后悔了。干什么呢？

91

干什么攻击到母亲身上来呢？她已经对她尽心尽力了，她懊恼地站着、懊恼地咬着嘴唇，然后奔到母亲的身边去。她用双手围绕着母亲的脖子，弯腰去吻她的面颊、吻她的颈项。

"妈妈，对不起。"她喃喃地说，把面颊埋在母亲肩上，"我不是怪你。我只是帮叶刚解释，他父亲视婚姻如儿戏，他自幼就恨透婚姻……他就是这样一个人！如果我只和他恋爱，可能恋爱得长长久久，如果要结婚，他会逃走！妈妈，我不要他逃走！我不管婚姻是什么，我要的是他，不是一个契约。我就是不要他逃走！"裴书盈心惊肉跳地听着这一番表白。她握住雪珂的手，把她拉到自己面前来，雪珂在她身边的沙发上坐了下来。她抚摸雪珂的头发，抚摸雪珂的面颊，忽然泪盈于睫。

"雪珂，"她柔声轻唤，"我知道我给你作了一个很坏的榜样……""不是！妈妈！"雪珂焦灼而激动地说，"这件事与你无关。事实上，反对婚姻的不是我，是叶刚！而他的理由和论调都很能说服我……""雪珂！"裴书盈打断了她，"我只问你一句话，不结婚，你预备怎样和他长长久久在一起？"

雪珂愣了愣。"妈，"她勉强地说，"我没去想这问题。但是，这并不是一个问题。妈，你大概不知道，现在许多大学生都已经同居了。"裴书盈浑身掠过一阵战栗。

"那么，你是想同居？"

"噢。"雪珂烦恼万状，"我并没有这么说！我只觉得，婚姻和同居的区别不过是多一张合约，一张随时可以解约的合约，说穿了也没什么意义！再有，就是传统的道德观念，在这种道德观念下，连离婚也是罪恶！对不对？那么，我们何必一定要去背这个传统的包袱呢？"

"这些观念，是他灌输给你的吗？""不完全是，大部分，是我体会出来的。"

"那么，你有没有体会出来，婚姻也可能不是法律和道德观念的产物，而仅仅是两个相爱的人，彼此间心甘情愿地要奉献自己？雪珂，我是个离过婚的女人，可是，至今，我尊重婚姻。因为，在我走上结婚礼堂的时候，我是一心一意要永永远远地奉献我自己，我甘愿被套牢。尽管后来这婚姻失败了。但，结婚时，我们两个都很虔诚。都有爱到底的诚意。我并不是攻击叶刚，我就是弄不懂，如果他真心爱你，他为什么不想拥有你？""他想的，"雪珂辩解着，语气里已带着些勉强，"用他的方式来拥有，不是用世俗的方法来拥有。"

裴书盈深深切切地看了雪珂好一会儿。

"雪珂，"她终于说，"唐万里有什么不好？"

"哦！"雪珂疲倦地、无可奈何地倒进沙发里，用手压着额，"他很好，唐万里很好，我想到他，还是心痛心酸的！可是，妈妈，我没办法！哪怕这是个错误，哪怕叶刚是个火坑，我都已经跳下去了！"裴书盈惊惧地看着雪珂，惊惧地体会到她那一片深情。她无法再说话，只是心慌意乱地想着，那个叶刚，那个像森林、像海、像夜、像日出的男人，到底是何方神圣！到底要把雪珂带到什么地方去？

第十一章

这天下午，雪珂又被徐远航叫到家里来了。经过母亲的盘问，现在轮到父亲了。"雪珂，我做梦也没想到，你居然会和叶刚混在一起！你是发了昏了，听我的，你必须和他马上断绝来往！"徐远航在他那大客厅里，激动地嚷着。整个客厅中，所有的人都避开了，当然，林雨雁绝不在场。雪珂缩在一张沙发里，闷闷地啃着手指甲，被动地听着徐远航的大吼大叫。心里模模糊糊地想，你去反对吧！你有反对的理由，你无法忍受叶刚，你当然无法忍受他！因为他和你那"小妻子"曾有过一段情！天哪！她混乱地想：人与人之间，怎可能造成如此复杂的关系？是的，婚姻，都是婚姻惹的祸！"姻亲"造成很多莫名其妙的人际关系。还好，叶刚不是雨雁的亲人，假若那天她在婚礼上碰到的不是雨雁的旧情人，而是雨雁的亲人，例如是她哥哥，假若她和雨雁的哥哥恋爱不知是否有乱伦罪？她的心思飘远了，飘远了，飘远了。

"雪珂！你有没有在听我说？"徐远航站定在她面前，瞪视着她，"我告诉你，叶刚绝不是一个好女孩的物件，他会伤害你，当你受到伤害再撤退就太晚了，你听到没有？你必须和他停止来往！马上停止！"

雪珂努力把思想集中，注视着父亲。徐远航那么严肃、那么严重、那么激烈，他不像平常的父亲了。徐远航是酒，酒一样的温柔，即使四十五岁，仍然让二十岁的少女发疯。现在，父亲不是酒，他是冰山，能让泰坦尼克号邮轮沉入海底的冰山。不过，雪珂每个细胞每根纤维都知道，她不是泰坦尼克，父亲的严峻绝对影响不了她。

"爸，"她坚定而清楚地说，"你打电话叫我来，你说有重要的话和我谈。现在，我来过了，你也谈过了，是不是可以让我走了？""雪珂！"徐远航喊着，不相信似的凝视她。他咬咬牙，蹙紧眉头，坐进雪珂面前的沙发里。"雪珂，"他再喊，声音放温柔了，他在努力让语气平和、诚恳，"你听一点道理，好不好？""这事根本没道理！"雪珂挺起背脊来了，"我遇到一个人，我和他恋爱了。这是我和他两个人之间的事，与别人都没有关系！你可以不喜欢他，妈妈可以不喜欢他，全世界都可以不喜欢他，只要我喜欢他！现在，你已经表明了你的态度，我也表明我的态度。爸爸，你不能干涉我的感情生活，正像我不能干涉你一样！别以为，我对你的再婚很开心，别以为，我能接纳你那个年纪轻轻的小太太！但是，我能怎样？我对你说过残酷的话吗？我贬低过林雨雁吗？说实话，爸爸，只因为在血统上你是我父亲，我小了一辈，所以变得无权说话。在道理上，我们的地位是平等的！我无法干涉你，你也无法干涉我！"

徐远航惊异地听着，看了她一会儿。他沉重地呼吸，胸腔在剧烈地起伏。"我不是干涉你，"他摇摇头，悲哀地说，"而是爱你。雪珂，我不否认，我不是个尽了责任的爸爸……"

"又来了！"雪珂从沙发里跳起来，不耐地走到窗边，烦恼地用手卷着窗帘上的穗子，压抑地说，"几天以来，我就听妈妈说对我有多抱歉，听她说她是个不尽责任的母亲！现在，你又来同样一套！好像我和叶刚恋爱，是因为你们两个离婚了的关系，你们难道不明白，这之间一点关系都没有吗？"

"有关系。"徐远航轻声说，"如果我不和你妈离婚，你根本没有机会遇到叶刚！"雪珂从窗前抬起头来。

"爸爸！"她一个字一个字地说，"他并不是魔鬼！他也是你家的朋友！"她故意用"你家"两个字，来囊括其他人物。

"是。"徐远航短促地说，"所以我更加自责。雪珂，"他盯着她，非常固执地，"我要你和他断绝来往！"

"不。"雪珂简短而坚定，她瞪着徐远航。心里迅速地冲上一股怒火，父亲怎能这样霸道，又这样无情！他凭什么对她说"我要你和他断绝来往"？仅仅因为他是父亲，仅仅因为他不喜欢他？还是因为叶刚曾是他的"情敌"？是了，从"情敌"变为女儿的男友，这使他太难堪了！这就是父亲，他只是不能忍受这种难堪！"你一定要和他断绝来往！"徐远航再说，声音里已带着强烈的命令意味。"不，不，绝不。""你被鬼迷了心了！"徐远航气冲冲地站起来，满屋子乱走，语气已非常不稳定，"你知道，叶刚不是你幻想中的人物，他儿戏人生，玩弄感情，他和你的恋爱，永远不会有结果！"

"我们又兜回到老问题来了，"雪珂无奈地说，"你所谓的结果就是婚姻！""那么，你所谓的结果是什么？"徐远航烦躁地问。

"我没有所谓的结果，"她沉声说，"结不结婚对我都没关系，我只要两人相爱。""如果有一天他不爱你了呢？"

她怔了怔，抬眼看父亲。

"像你不爱妈妈时一样吗？你们结过婚，那时你怎么做的？""雪珂！"他怒喊，"好，今天我没办法和你讲理！我自己立场不稳，说什么你都不会听！你走吧！我不跟你谈了。但是，我告诉你——"他强而有力地说，"我会不计代价让你们两个分开！你不听我，没关系，我会找叶刚来谈！"

雪珂扬起睫毛，不信任地看着父亲。

"你不会的！"她说。"我会！"徐远航坚定地说，"我会叫他离开你，我会告诉他他正在摧残一个美好的生命……"

"他不会听你！"她再说。

"是吗？试试看！他会听我！"徐远航盯着女儿，"他会听我，因为在他骄傲的外表之下，他有一颗根本不能面对现实的、充满自卑感的心！我会唤醒他的自卑感！我会的！"

雪珂惊愕万状地望着父亲，忽然浑身冰冷。她体会出了一件东西，父亲有一句话可能是对的，在叶刚骄傲的外表下，他有颗自卑的心！她觉得从内心深处冷出来，一直冷到背脊上。她直直地看着徐远航。为什么呢？为什么要这样恨他呢？为什么要这样仇视他呢？忽然，她觉得，自己可能做错了，她不该和父亲吵，不该说些强硬的话，这只能刺激父亲使他更生气，她该软化一些，她该去"求"父亲谅解。她待了好几秒钟，然后，她走过去，握住了父亲的手。

"爸爸，"她的声音软了，软软地充满真挚的恳求，"不要那样做。求你不要。这些年来，我虽然没跟在你身边，但是，你一直知道，我对你有多崇拜多依恋的。依恋得连你和林雨雁结婚，我都吃醋。爸爸，你不要去做一件会让你后悔的事。如果你真拆散了我们……"她忽然哽塞了，泪水涌进眼眶中，她激动地、呜咽地说："我会恨你，恨死你！而且，如果你真拆散了我们……我的生命，也没有什么意义了！你去做，做到了，我自杀！""雪珂！"徐远航惊喊，被她这几句话完全吓呆了，"你在威胁我……""是威胁，很认真地威胁！"雪珂抓起桌上的皮包，转身往大门跑，"不过，我会说到做到的！我一定会！"她用手捂着嘴，哭着跑出了徐家的大门。

这天晚上，当她和叶刚在他那公寓里见面的时候，她的心情仍然没有平复，她看起来苍白、疲倦、憔悴，她眼底有失眠的痕迹，下巴尖尖的。她眉端轻蹙，举手投足间，都带着种说不出的哀愁与无可奈何。叶刚注视着她，很深刻地注视着她，她所有的烦恼，都没有逃开叶刚的眼光。"什么事，雪珂？"他柔声问，"你有心事。"

"嗯。"她轻哼着，斜靠在沙发中，看了叶刚一眼。叶刚的眼神温柔而细腻，带着宠爱，带着怜惜。和叶刚认识这么久,她熟悉他每种眼神,无论何时,他眼神中总是带着抹令人莫测高深的冷傲。即使在他最热情的时候,他也有这种冷傲。可是,今晚的他很温柔。唉!在他这样温柔的时候,何必去破坏气氛呢?她捧着茶杯,啜着那清香而沁人心脾的包种茶。逃避地低语了一句:"没有事。"

他从她手中取走茶杯,用双手紧紧地握了握她的手。再举起手来,轻轻地拂开她额前的一绺短发,托起她的下巴,他很仔细地看她的眼睛。"你知道吗,雪珂?"他说,"你的眼睛藏不住秘密,每次你心里不高兴或烦恼时,你的大眼睛就变得迷迷蒙蒙的,而你那很黑很黑的眼珠,就会变成灰色。现在,你的眼睛就是这种情况。告诉我,是什么在困扰你?是那个七四七吗?"

是的,七四七也是问题,七四七总让她有内疚和犯罪感,七四七总让她心中痛楚而惶惶不安。

"不完全是七四七。"他低声说,"你还有另外的问题……"他又在穿越她的思想了,这种穿越力是让她又惊异又震动的。从没有人像他那样能看透她!"为什么不说话?是——"他犹豫地吐出来,"是我让你受委屈了吗?"

她惊跳地抬眼看他,他那深邃的目光那么深刻啊!他的每个凝视都让她心跳,让她心动,让她心酸。这种眼光不许看别的女人啊,如果他有一天变心,她也是只有一条路可走了。她想着想着,眼眶就湿了,睫毛也湿了。是的,不要他的保证,不要他的承诺,不要他有负担,不要他的契约,不要世俗的一切东西……什么都不要,只要他爱她!但是,正像妈妈说的,"爱"里面难道不包含承诺、负担、保证吗?她注视着这对深邃的眸子,问不出口,说不出口,只是痴痴地切切地注视着他。这带泪的凝视使他震动而不安了。

"雪珂,"他低唤,"什么事?什么事?告诉我!请你告诉我。"他吻她冰冷的手指,吻她冰冷的面颊,吻她冰冷的唇:"你怎么浑身凉凉的呢?"他问,"你冷了吗?我拿件毛衣给你披一下。"她拉住了他。"别走,"她哑声说,"我不冷。"

"你冷。"他说,"如果你的身体不冷,就是你的心情很冷。"

"你这么能看透人呵!"她说,"那么你一定看透我所烦恼的事了。""不。我看不透。只猜得出——反正,与我有关?"

"是,与你有关。"她想了想,"不过,我不要你困扰,我也不要你介入,所以,你不必再问我了。"

他看着她。"是你母亲还是你父亲?"他忽然问,"他们反对你跟我来往吧!因为我是个不负责任、痛恨婚姻的人!跟我在一起,你的未来会变得空洞而危险,本来,我就是个空洞而危险的人。是吗?他们反对了?他们责备你了?他们要阻止你掉进陷阱,怕你永世不得翻身了?"她迅速地看他,扬着睫毛,满心惊诧。"你……"她嗫嚅着,浑身软弱而无力,"你什么都猜到了!"他定定地看了她一会儿,突然间,他站起来,一个人走到远远的窗边去。他燃起了一支烟,开始急速地吐着烟雾,用手撑着落地玻璃窗,他望着窗外的景物:在夜色中,台北市的万家灯火正在闪烁着。他就那样站着,眺望着万家灯火,抽着烟,默然不语。她注视着他的背影。有些心慌、有些痛楚、有些迷惘地注视着那背影，心里疯狂地想着：爱是什么？爱是什么？爱到底是什么？一句承诺真的那么可怕吗？一句保证真的那么可怕吗？即使"生死相许"也不肯有句誓言吗？母亲提出的问题开始在她心中激荡；即使"生死相许"也不甘心被套牢吗？你真爱我？你真懂得爱吗？忽然间，她迷惑地想起，七四七那天对她表白"爱"意，自责不该吝啬于说"我爱你"这句话。可是，叶刚对她说过"爱"字吗？他承认过爱她吗？他说过"要"她吗？她浑身冷战。他仍然站在那儿，死命地抽着那支烟。她也死命地盯着他的背影。怎么？她居然无法摆脱父母给她的影响，尽管她在父母面前强硬而坚决，此时此刻，她却软弱得一点信心都没有。他爱她吗？他要她吗？真正爱她吗？真正要她吗？

忽然间，她再也坐不住，从沙发中跳起来，她奔向他，想也不想，就从他背后一把抱住他的腰，把面颊贴在他的背上，她战栗地低喊："叶刚，你到底要不要我？给我一句话，让我可以去回答我的父母！"他浑身都僵硬了。背脊挺直，他站立在那儿动也不动。她的心往地底沉下去、沉下去、沉下去……无尽无止地沉下去。他是谁？叶刚？一个名字？一个敢爱而不愿被套牢的男人？她的心继续往下沉、继续往下沉。回答我啊，叶刚！不要这样沉默，叶刚！倏然间，叶刚回过身子来了，推开她，他径直去桌边熄掉了烟蒂。然后，他抬起头来，瞪视着她，他的眼神变得那么凌厉、那么冷漠、那么阴沉，所有的柔情蜜意、细腻、温柔……全体不见了。"原来，你和所有的女孩子一样！"他急促而尖刻地说，"你和她们都一样！如果我对你表示了感情，你就急于要捉住我！你要我给你父母一句话，给他们什么话？"他提高了声音，怒气飞上了他的眼角。"我一生不向任何人交代什么！我没有骗过你！我不能给你父母任何话！假若你要做个乖女儿，回到你父母身边去！回到七四七身边去！我早就告诉过你，我不会为了见鬼的爱情而把自己关到笼子里去！即使为你，我也不会！我以为你是与众不同的，我以为你和我是同一类人，我以为你是脱俗而超然的，结果，你要的依然是一般人所要的东西：婚姻、保障、诺言，和一个被你拴着鼻子的男人！"他重重地摇头，声色俱厉，"不！雪珂，我懂了！我认清你了！我要不起你！"她仓皇后退，仓皇地仰头看着他，仓皇地退到门边。她的身子紧靠着门，眼睛睁得好大好大。张开嘴，她想说什么，却吐不出声音。她眼前的叶刚，忽然变得那么陌生、那么遥远、那么缥缥缈缈……她无法整理自己的思想，她不知道自己是不是错了，但是，她内心深处却那么尖锐地体会到"受伤"的滋味。爱是什么？爱到底是什么？她不了解了，她完全不了解了！她也无力去想，去研究，她被自己那越来越强烈、越来越加重的"受伤"感所挫折了。她被自己那挖心挖肝般的痛楚所征服了，张着嘴，她只是不停地吸气，半响，她才"依稀"听到一个声音，"仿佛"是发自她的嘴中：

"你不要我，你从来就没有要过我，爸爸妈妈对了，你对我只是逢场作戏！你没有爱我，你不敢爱我，因为爱的本身就是责任！我也懂了，我也懂了……"

"是！"他大声吼，面部的肌肉扭曲了，眼光更加凌厉了，眉毛可怕地结着，整个脸孔都狰狞起来："我是魔鬼！我是专门玩弄感情的魔鬼！你懂了！你懂了你就赶快逃！"他逼近她，那狰狞的双眸在她眼前像电影特写镜头般扩大，"你对了！我只是逢场作戏，爱得久，就是戏演得久，我的爱里没有责任！你要负责任的爱，去找你那个民歌手！去呀！去呀！去呀！你不要在我面前来折磨我，你去！快去！"

她整个人像张纸似的贴在门上，她已经退无可退，仰着头，她继续睁大眼睛瞪着他。心里痛苦至极地体会到，这就是结束。这就是结束。这就是结束。她受不了这个！或者，她从没有得到过他，但是，她却承受不起这"失去"。忽然，她觉得骄傲和矜持都没有了，忽然，她觉得自己卑微得就像他脚底的一根小草。忽然，她觉得只要不"结束"，什么都可以容忍，什么都可以！她挣扎着，费力地、艰涩地、卑屈地吐出了几个自己都不相信的句子："我……我错了。不要……不要赶我走！请你……不要生气，我……我不要你负责任，不要……诺言，不要……不要……什么都……不要……"

"你撒谎！"他大喊，凶恶而暴戾。连她的卑屈都无法使他回复人形。他又成了那个会"乱箭伤人"的怪物，他所有的"箭"都向她射过来了。"你要的！你什么都要！你是个假扮清高的伪君子！你虚伪！你庸俗！你平凡！你根本不是我心目里的女孩！我轻视你！我轻视你！我轻视你！"他对她狂喊着。"不！不！不！"她摇头，拼命摇头。"叶刚，"她喃喃低唤,苦恼地伸出手去,"叶刚,叶刚,不要吵架,我……我……"她被自己那卑微吓住了,喉咙哽着,神志昏乱,她吐不出声音来了。"你走!"他狂乱地推开她的身子,粗暴地打开大门。铁青着脸,双目圆睁,他对着她的脸再大吼了一声:"你为什么不滚回到你原来的地方去!"

她用双手抱住耳朵,终于狂喊出声:

"你这个疯子!你这个刽子手!你杀掉我所有的感情了!我走!我走!我再也不会回来,我再也不要见你!我走!我走!我走!……"她终于反身直奔出去。

第十二章

深夜。雪珂是怎么回到家里的，她完全记不得了。只模糊记起一些片段的事，自己曾去搭公共汽车，曾走过一段长长的路，曾站定在某个街头，毫无目的地数街灯，曾停留在平交道前，目送火车如飞驰去……还做过些什么，不知道了。时间和空间对她都变得没意义了……但是，最后，她还是回了家，回到她和母亲相依为命的那个家。

裴书盈一见到雪珂就吓得傻住了。雪珂的脸色惨白得像她的名字，嘴唇上一点血色也没有。整个身子摇摇晃晃的，像个用纸糊出来的人，正在被狂风吹袭，随时都会破裂，随时都会倒下去。她惊呼着扑过去，惊呼着扶住雪珂，惊呼出一大串话："你怎么了？雪珂？你撞车了吗？你受伤了吗？在哪里？你伤到了哪里？"她急促地去摸索她的手臂、肩膀、额头和腿。只有失血过多才会造成这样彻底的苍白！她抖颤的手在她全身掠过，找不到伤口，最后，雪珂握住她的手，把那只母性的、温暖的手,压在自己那疼痛万状的心脏上。

"妈妈,"她柔声轻唤,"我想,我快要死掉了。"

裴书盈更加心慌意乱,她急忙把雪珂带进卧室,雪珂一看到床,就立即倒到床上去了,直到此时,她才觉得崩溃了,崩溃在一种近乎绝望的疲倦里。

"你躺好,我打电话去请医生!"裴书盈拉开棉被,盖住雪珂,发现她全身都冰冰冷。

雪珂伸手拉住了母亲。

"妈,别请医生,我没事。"她轻轻蹙着眉,正努力地、细细地整理着自己的思想,回忆着发生过的事情,"我真的没有事,你不要那样害怕。我躺一躺就会好,我只是……在付代价,我想,我在付成长的代价。"她忽然钩住母亲的脖子,含泪说:"妈妈,我爱你。"立刻,泪水冲进裴书盈的眼眶,她双腿一软,就在雪珂床边坐了下来。她凝视着雪珂,发现她的面颊稍稍恢复了一些颜色,她的手,在她那双母性的手的呵护下,也逐渐暖和起来了。她盯着雪珂看,那么脆弱又那么坚强啊,这就是她的女儿。她浑身都是矛盾,矛盾的思想、矛盾的感情、矛盾的意志、矛盾的欲望……她说过,她是矛盾综合体!什么都矛盾,连聪明和愚笨都同时并存。这就是她的女儿。但是,她现在是真正受了伤了,受了很重的伤了。要让一个矛盾的人受重伤并不容易,因为他总有另一个盾牌来保护自己。是谁让她这样彷徨无助呢?是谁让她这样绝望而憔悴呢?她用手紧握雪珂的手,拍抚着她,温暖着她。但愿,在这种时候,"母亲"还能有一点用!"要喝一点什么吗?"裴书盈柔声问,"我给你弄杯热牛奶,好不好?""好。"雪珂顺从地说,神志清楚多了,思想也清晰多了,只有心上的伤口,仍然在那儿滴着血。

裴书盈端着热牛奶来了,雪珂半坐起身子,靠在床背上,身后塞满了枕头,用双手握着牛奶杯,她让那热气遍布到全身去。喝了一口牛奶,那温热的液体从喉咙口一直灌进胃部,她舒服多了。哦,家,这就是家的意义。虽然只有母女二人,仍然充满了温暖,仍然是一个安全的、避风的港口。

她注视着杯子,望着那蒸腾的热气。裴书盈注视着她,望着那张憔悴的脸庞。室内很静。母亲并不追问什么,雪珂觉得,母亲实在是个很有了解力的人。了解力,她心中紧缩了一下,蓦地想起在叶刚那儿的一幕了。

那一幕到底代表了什么?她心痛地回想,心痛地思量,心痛地分析,心痛地去推敲那时自己的心态。是她一句话毁掉了原有的温柔。一句话!她对他的一个要求!噢,明知道他是不能承受任何要求的。明知道他是抗拒任何要求的,为什么还会要求他?自己不是很开明的吗?很新潮的吗?走在时代尖端的吗?可是,她要求了!虽然没有很明白清晰地说出来,但他的智力超人一等,他能读出她所有的思想,所以,他知道她已经"开始"要求,然后会追寻"结果"了。所以,他发火了,所以,他赶她出门,所以,他宁可快刀斩乱麻,结束这一段情了。所以,他变成了一个不可理喻的疯子!

"妈妈,"她低低地、深思地开口,"爱情里不能有要求吗?"

裴书盈皱皱眉,困惑地看她。

"我不太懂你的意思。雪珂。要求什么？要求一件对方做不到的事，是苛求，要求一件对方做得到的事，是自然。"

"要求一个诺言呢？"她的声音更轻了。

"诺言不用去要求。"裴书盈真挚地说，"诺言、誓言都与爱情同在！'在天愿作比翼鸟，在地愿为连理枝'，古人把爱情刻画得比我们现在好，有这种同生共死的决心，才配得上说爱情！"雪珂深切地看着母亲，深切地想抓住一些什么。

"但是，誓言会改变的！那么，誓言与诺言就变成毫无意义！""不，"裴书盈郑重地说，"以前，我也这样想。但是，经过了一大段人生，就会发现，那仍然有意义。改变是以后的事，在恋爱的当时，没有人会希望以后有改变，正在相爱着的两个人，只想分分秒秒、时时刻刻、日日年年在一起，这还不够，还希望能'缘结来生'。这是爱情！爱情里的理性很少，爱情本身就有占有欲，谁能忍受自己的爱人去爱别人？雪珂，"她正视她，"你知道为什么有婚姻？那并不仅仅是一张纸，那是两个正在相爱的人，彼此发誓要终身厮守，发誓不够，还要证人，证人不够，还要仪式，仪式不够，还要证书！我至今不相信，一个真正在恋爱中的男人，会不去追求终身相守的誓言！除非……"她咬牙，决心残忍地说出来："他爱得不够！在爱的当时，就先为自己想好退路。在爱的当时，就先去想变心的时候，'不再爱'的时候……哦，雪珂，爱得深深切切，死去活来的当时，你会去想三年五年十年以后，你会变心的事吗？你决不会去想。所以，婚姻，在世俗的观点看，是一种法律的程式，在爱人的眼光里，是一句终身相守的誓言！所以，婚姻虽然有那么多问题，那么不可靠，仍然会有好多好多真心相爱的男男女女，欢欢喜喜地投进去。"

雪珂凝视着母亲，心里激荡着。很少和母亲这样深入而坦诚地谈话，很少听母亲如此透彻而入骨的分析。她用崭新的眼光看母亲，第一次领会到，裴书盈不仅是个四十余岁的"中年妇女"，也是个真正了解感情、懂得感情的女人！

雪珂靠在枕头中，深思着。对母亲的"认同"，带来了内心深处的创痛。那个伤口在撕裂撕裂撕裂……越撕越开，越撕越大，越撕越深……终于，心碎了。碎成片了，碎成灰了。以前，从不相信"心"会"碎"，现在才知道，它真的会碎，碎得一塌糊涂，碎得不可救药。母亲对了。他——叶刚，爱她不够深。是她，一厢情愿地去爱上他。所以，他没有诺言，没有"终身相守"的决心。是了，是了，是了，他没爱过她，没有真正爱过她。或者，他一生没爱过任何女人，包括林雨雁，所以，他让林雨雁嫁了！她用手扯着被单，绞扭着被单。懂了，真的懂了。他不爱她！叶刚，叶刚，叶刚。他从没真正爱过她！她心痛地舔着自己的伤口，每舔一下，带来更深的痛楚。裴书盈凝视雪珂，知道她正在清理伤口。她的脸色青白不定，而眼光茫然若失。裴书盈知道，那伤口需要时间去愈合，自己是无能为力了。她含泪俯身下去，轻轻吻了吻雪珂那苍白的额，取走她手里的空牛奶杯，她说：

"睡一睡吧，雪珂。明天醒来，你就会觉得舒服一些。反正，每个人的一生，都会经历一些事。这些事，不管当时多么严重，终究会变成过去。"

昨日之灯。她想。万千灯海中的一盏昨日之灯。

她抚平枕头，想睡了，反正，今天不能再想了，反正，今天即将过去……突然间，床头的电话铃响了起来。

她瞪着电话机，几点钟？不知道。是谁打来的，不知道。她抬眼看母亲，于是，裴书盈拿起了电话。

"哪一位？"裴书盈问，看手表，凌晨一时二十五分。

"我是叶刚。我想跟雪珂说话！"

果然是他！爱情的游戏里，电话总扮演一个角色。她抬眼去看雪珂。雪珂满脸的苦恼，满眼睛的迷失，满身心的娇弱与无助。她哀求似的看着母亲，知道是他打来的，不知道该不该接，不知道要不要接！不知道他为什么要打来？不知道，不知道，不知道，什么都不知道！

裴书盈深切地看着雪珂，重新对着听筒。

"对不起，"她冷淡而柔和地说，"我是她母亲，她已经睡了，有什么事，明天再打来吧！"

她想挂电话，对方立刻急切地接口：

"不，她没有睡。她的窗子还亮着灯光，她没睡。伯母，转告她，我在三分钟之内来看她！"

"咔哒"一声，电话挂断了。裴书盈惊愕地握着听筒，惊愕地转头看雪珂，惊愕地说：

"他说三分钟之内要过来。这是怎么回事？他知道你没睡，他看到灯光……"老天，他就在楼下，他又是从楼下打来的！何必？何必？何苦？何苦？已经把她赶出门了，已经对她吼过叫过了，已经说出最残忍的话了，何必再见？何苦再见？她用双手抱住头，她的头又晕了，又痛了，碎成粉的心居然也会痛，每一粒灰都痛，千千万万种痛楚，千千万万种恨意……门铃急响，她冲口急嚷："不见他，发誓不见他！"

裴书盈慌忙走出卧房，关上房门。再穿过客厅，去打开了大门。叶刚挺立在门外。这是裴书盈第一次见到这个男人，高大的个子，浓黑的头发，一对如此深邃、如此锐利的眼光，这对眼睛成了他全身的重点，这对眼睛不是海，不是森林，不是夜，不是日出……雪珂错了。这对眼睛是火，这个人也是火，一团燃烧着的火，带着所有火的特质！光亮、灼热、强烈，而具有摧毁力。"伯母，"叶刚开了口，声音坚决而沙哑，"我来看雪珂！"

"她已经睡了……"他推开房门，挤进了屋里，反身关上房门，他注视着裴书盈，低声说："原谅我这么没礼貌，原谅我深夜来访，原谅我没给你一个好印象。我现在要见雪珂，不见她，我不会走！"

裴书盈又惊讶又愕然。但，在这一瞬间，她了解雪珂为什么会为这个男人着迷了。他那么坚定、那么倔强、那么稳稳地站着像一座铁山。而他的眼睛，老天！这对眼睛里充满了燃烧的火焰，他是火，可以燃烧任何东西，可以摧毁任何东西。她简直有些怕他了，退后一步，她勉强地，挣扎着说："她——不想见你！"他抬起眼睛，望着雪珂的房门口。裴书盈本能地拦到那门口去，急促地说："不行，你不能进去！她刚刚才好了一点，她回家的时候，简直像个死人……""我知道。"他短促地说,"我跟着她,走了大半个台北市。"

"哦?"裴书盈愣住了,她自己都不知道,雪珂曾经走过大半个台北市。就在她发愣的时候,"豁啦"一声,房门开了。那个"发誓不见他"的雪珂,正扶着门框站在那儿,她穿着件白衣服,颤巍巍虚飘飘地站在那儿,似乎用根手指头一戳,就会倒下去。她的眼睛睁得大大的,头发散乱地披垂在胸前。她望着叶刚,两眼直勾勾地,一眨也不眨。

"你来干什么?"她问。

他一看到她,像受了传染一样,脸上的血色立刻也没有了。他和她一样苍白,他盯着她,往前迈了两步。裴书盈退开了,她惊悸而困惑地退得远远的,她不知道这两个孩子在干什么,不知道他们到底在玩一种什么游戏?只慌乱地体会到:这个叶刚并不单纯,这个叶刚不是可以用道德的尺来衡量好与坏的人。这个叶刚是奇异的,是难解的。但是,她那母性的胸怀里,有某种软弱的东西在悸动。这个叶刚,简直是迷人的!"雪珂。"叶刚开了口,他伸出手去,似乎想去扶她,因为雪珂那样摇摇欲坠。雪珂的肩膀本能地、抗拒地晃动了一下,他立刻把手收回来,垂在身边。"我来道歉。我疯了,我不知道自己说了些什么。"他很困难地说,好像他一生没说过"道歉"两个字。"你不必!"她简短地说。"那么,我来告诉你一句话!"他更加困难地说,脸色更白了,声音里迸裂着痛楚。

"什么话?""我要你。"他挣扎着,苦恼地吐出这三个字,像表演特技的人从嘴里吐出三根铁钉,每根铁钉可能都沾着体内的血渍。她的头微侧过去，靠在门上，她的眼光没有离开他的脸，她不说话，眼底闪烁着怀疑、困惑和不信任。

"我要你。"他再重复了一遍，"我一生从没有这么强烈地要过一个人。这对我是太痛苦的一件事。一件我自己都不愿承认的事，它违反我所有的原则。哦，雪珂，我不要伤害你！如果我没有办法用我的方式要你，那么，只能用你的方式要你！"他顿了顿，大口吸气，似乎在用全身的力量，压制心中某种痛楚。"你要我怎么做，我就怎么做，只要不再发生今晚的事！雪珂！你不该闯进我生命里来的！可是，你闯进来了，而我……"他蹙眉，"我投降了！雪珂，我投降了。"

她一下子向他飞奔过去，他张开手臂，把她整个身子都圈进臂弯中，他的头埋进她的头发中，辗转地吻她的头发，吻她的耳垂，嘴里喃喃地、昏乱地低语着："以后不许去天桥吹冷风，不许到平交道上去踩枕木，不许在车子飞驰的街道上慢吞吞晃来晃去……你吓死我，你吓死我！"雪珂紧紧偎着他，胳膊环绕着他的腰际，脸贴在他肩膀上，泪水疯狂地涌出，沾湿了他的衣服。

裴书盈吸吸鼻子，用手擦拭掉自己脸上的泪痕。傻瓜！她骂着自己，有什么好哭的呢？那个"抱独身主义"的男孩完蛋了，投降了。爱情，再一次证明理论仅仅是理论，当你爱的时候，你只想天长地久！

是吗？她再抬起眼睛来，深深地看了叶刚一眼，心里猛地涌来一阵疑惑。叶刚紧锁着眉，那眉心竖着好几道刻痕，他的眼睛苦恼地紧闭着：痛苦与无奈几乎明写在他眉梢眼角及额前。怎么！承认自己的爱情居然如此痛苦吗？如此无奈吗？如此勉强吗？她惊愕地看他，困惑至极。他真的在抗拒着什么呢？未来？婚姻？责任？他在强烈地抗拒着什么呢？

裴书盈悄然退开，感到一片厚而重的乌云，正从窗外向窗内游来，那阴影无声无息地笼罩在整个房间里。

第十三章

　　雪珂在半个月以内,足足瘦了五公斤。

　　这种迅速的消瘦,起因仍然在叶刚身上。

　　他们讲和了,他们继续来往,继续见面了。但是,有什么东西不对了。他们之间,失去了往日的甜美与和谐,每次见面,都像绷紧的弦,弥漫着一层无形的紧张。这种气氛是怪异的、不正常的、充满了压迫感的。

　　叶刚似乎更爱她了,他对她小心翼翼,体贴入微。也会突发性地来阵狂热的拥抱、接吻,或痴痴迷迷、长长久久地注视她。他从不越过道德与礼教的最后一关,他总在紧要关头提出去"游车河""看灯海""观日出"种种提案,而把一些遐思绮念给抛开。由于这一点,雪珂知道他那新潮又新潮的"独身"主义里,仍然深深埋藏着"礼教"的观念。或者,这观念并不为他以前的女友存在,而仅仅为雪珂存在着。不,还有——林雨雁,她记得叶刚提过,雨雁也不是能摆脱传统和礼教的女孩。在经过这次争吵、经过这段漫长的内心挣扎、经过父母的种种喻解后,雪珂首次对自我有某种认识。她知道自己只是个嘴上谈兵的人,外表上,她新潮,她前进,她不在乎礼教,事实上,她在乎。因为,在最后的追索探讨之下,她发现"爱情"本身包括的东西,甚至有"礼教"在内。

她不知道叶刚是否承认了这一点。可是,自从吵架以后,叶刚变得绝口不提这件事。他不提,雪珂当然也避免提起,她再也不要上次的事件重演。他们两个都变得很小心,两个都常常窥探着对方的意愿,两个说话都经过思考……也常常两人都陷入某种无助的沉默里。每当这时候,雪珂就会觉得自己像漂荡在茫茫大海中的一叶小舟,而且是黑夜的大海,伸手不见五指,四面是无边无际的黑暗,她就漂着漂着漂着……而不知要漂向何方。总记得那夜讲和时,叶刚说过"我投降了"。事后,雪珂曾深深思索"投降"这两个字中的"挫败"意味。叶刚把这件事当一个战争,他只是不得已地认输而已。这种体会使雪珂感到很难过。她不要和他战争,她不要他"投降",她要他了解她所了解的,她要两人之间的"共鸣"与默契。可是,什么都不能谈了。他们在一起时,不谈未来、不谈计划、不谈爱情观和婚姻观。他们为恋爱而恋爱,为相聚而见面……忽然,雪珂感到一切都很空虚,一切都很幻灭。叶刚并没有改变,他仍然排斥婚姻,仍然排斥"天长地久"的誓言。他还是那个莫测高深的他,他还是那个她不了解的他!

她迅速地消瘦憔悴下去,裴书盈看在眼里,无能为力。

自从见过叶刚后，裴书盈不再拒绝叶刚，她反而安慰地、劝解地对雪珂说过："要改变一个人根深蒂固的观念很难，叶刚已经是快三十岁的人了，很多观念已经定型。你要给他时间，让他更深地体会到爱是什么。"雪珂默然不语。雪珂变得沉默了，她常常一整天都不说话。消瘦之后，她的眼睛特别大，闪亮亮的总像含着泪，小小的腰肢不盈一握，而那细细的手腕是令人"我见犹怜"的。这种变化虽然很缓慢，叶刚却不会不注意到。于是，他会猝然地把她拥进怀中，战栗着说："要我怎么做？雪珂，要我怎么做？"

她摇头，拼命摇头。问题就在这儿，她不能说要他怎么做，爱情是自动的，爱情不是被动的，爱情是积极的，爱情不是消极的，爱情是建设性的，爱情不是破坏性的！她摇着头走开，她不要他"做"任何事。她在等他主动地站起来，去面对这份爱情，去面对雪珂，去面对未来。是的，面对。她想起徐远航说过的话："在他骄傲的外表之下，他有一颗根本不能面对现实的、充满自卑感的心！"是的，尽管和爸爸吵得天翻地覆、剑拔弩张，她却越来越体会到，父母都有正确的地方。这使她感到泄气，和泄气同时而来的，是对叶刚一种隐隐的失望。这失望咬噬着她的心灵，使她食不下咽而彻夜失眠。

这种爱情是一种煎熬，在学校里，她还要面对另一份煎熬。这天晚上，学校在为毕业晚会做准备。毕业，七四七今年就毕业了，阿光阿礼阿文都同一届，全要毕业了，他们男生，都已经抽过签，七四七抽到陆军，阿光阿礼在海军，阿文在空军。马上他们就要服兵役，相聚一场，都要风流云散。学校中，送旧迎新总是感触很深的。尤其许多四年级学生，正和低年级生在恋爱中，那离愁别绪，常会弥漫在整个校园里，到处都看到双双对对的人影，在树荫下、屋檐下、廊柱下卿卿我我着。这晚，雪珂在礼堂里帮忙贴座位表。贴好了，她就一个人坐在那空空的大礼堂中，望着舞台发怔。念大一好像还是昨天的事，转眼间就要进入大四了。她痴痴地坐着，没注意有个人走进礼堂，本来，礼堂就一直川流不息的都是同学，在张灯结彩，贴欢送词。雪珂根本没去看那些进进出出的同学，她望着舞台，不知怎么，就想起迎新晚会那晚，巨龙合唱团还没定名呢，却活跃地在台上弹着吉他，唱着歌，他们唱《兰花草》，唱《捉泥鳅》，唱他们自编的"迎新歌"。

那个人看到了她，笔直地向她走了过来，一声不响地坐在她身边。她抬起头来，立刻接触到那闪亮的眼镜片，和镜片后那对闪亮的眼睛。她的心脏"怦"然一跳，唐万里，七四七！好久没碰到了，这些日子来，他在躲她，她也在躲他。一见到唐万里，她自己也不知道怎么回事，眼眶就湿了。透过泪雾，她发现他晒黑了些，成熟了些。他直直地盯着她，好久都不说话，然后，他的手忽然盖在她的手背上。

"他待你不好吗？"他问，很认真地。

"谁？"她脑筋转不过来，不知道他在说什么。

"当然是那个人！"唐万里不说那名字，那名字会刺痛他。"那个有辆野马的家伙。""哦！"她应着，"不，他很好，很好。"她连说了两个"很好"，好像必须强调什么。他凝视她，一下子紧握住她的手，把她握得好痛好痛。有股怒气飞上他眉梢，他恼怒地说：

"别撒谎！你不快乐！"

"我……"她挣扎地说，"快乐，很快乐！"

"胡扯八道！"他嚷，"当你是我的女朋友的时候，你整天笑嘻嘻的，又爱吃又爱闹！我几时允许过你瘦成这样子？我几时允许过你一天到晚悲悲切切的？他把你怎么样了？他怎么可以让你一天比一天瘦下去？"

她惊愕地瞪他，原来他一直在注意着她的，原来他还没有停止对她的关怀。她的眼眶更湿了，喉咙里鲠着个硬块，舌根酸酸的。她真想哭一场，真想扑在他怀中好好哭一场。但是，不行！她不能这样软弱，不能这样莫名其妙。她强忍着泪，喉中哑哑地说："我很好，真的。"她勉强想挤出微笑，就是笑不出来。"我瘦了些，没什么关系，现在流行瘦，是不是？不要乱怪别人。我坐在这儿，有点伤感，只因为你们马上要走了，要离开学校，服兵役去了。""你们是指谁？"他问，"包括我？"

"嗯，"她哼着，"当然。"

"那么，"他率直地问，"你对我并不能完全忘情了？你还怀念我？你还有一些想我？你还——有一些爱我？是吗？是吗？离别，还是会让你痛苦的，是吗？是吗？"

她看着他，他年轻的脸庞上居然又绽出光彩和希望来了。她心中又酸又痛，喉咙里的硬块在扩大。"我一直把你当最好的朋友看，"她挣扎着说，"是你不要理我了！""我不敢理你，"他说，"我怕一理之下，就什么都会理，我划分不出什么是该理的，什么是不该理的。"他伸手整理了一下她垂下的发丝，他咽了一口口水，他那粗大的喉结在那瘦长的脖子上蠕动。他忽然笑了，笑容里有些苦涩，却有更多柔情。"真傻！"他喃喃地说，"真傻！"

"什么？"她困惑地问，"谁傻？"

"我啊！"他说，"我实在很傻！我应该理你的，只要我理你，你不会变得这么憔悴，我最起码可以把你带到摊子上，每天喂你蚵仔煎，把你喂得胖嘟嘟的。我可以唱歌给你听，我……"他深思着，眼底闪过一道光彩，"可以陪你游泳。又是游泳季节了，我还记得你站在游泳池里发呆的事。你就那样直挺挺地站在那儿，纯白如雪，皎洁如玉。"他回忆着，狠狠地咬嘴唇，再看她："你瞧，你该再去游泳，多晒点太阳，就不会让你如此苍白。"她瞅着他，眼眶始终没有干过。

"你真好。"她喃喃地说，"我会永远永远永远记得你。"

"别说得好像我们会生离死别似的！"他依然笑着，温和地握着她的手。"答应我，我去受军训以后，给我写信，告诉我你所有的事情，让我们——"他顿了顿，"像个好朋友一样？"

"好。"她温顺地说，"我一定会给你写信！我一直就希望我们能像好朋友一样。"他点点头，再看她。看着看着，他就突然把额头抵在前面一排椅子的椅背上，他粗声说："他妈的！""怎么了？"她问。"你走吧！"他哑哑地、急促地说，"快走快走吧！我受不了这种场面，在我把戏演砸以前，你快走快走吧！你再这么眼泪汪汪地看我一秒钟，我就会崩溃了！他妈的！"他用手重重地拍着前面的椅背，怒声说："走呀！你！让我一个人静一静！你走呀！"她望着他的头，他弓着的背脊。他的头发好长好乱啊，他那件学生外套都快洗白了，他的背脊好瘦啊！天知道！这些日子来他又何尝胖过？她想着，心痛地想着，情不自禁地，她就伸出手去，想去抚摸他那瘦瘦的背脊。她的手伸到一半就停止了。心里有个声音，在恼怒地喊："裴雪珂！你要做什么？你只要一碰他，他不会再放过你了！"她收回了手，惊跳起来。仓促地，她穿过那一排排的长椅子，逃出了礼堂。然后，一连好几天，都没再遇到他。接着，毕业晚会来了。巨龙合唱团全体登台，唱了好几支惜别歌，其中有一首，是唐万里独唱，阿文他们给他伴奏和声的，那支歌曾让好多好多同学掉眼泪，包括雪珂在内。

    四年的时光已悄悄流过，
    数不清校园里有多少欢乐，
    相聚的时光几人珍惜，
    离别时再回首一片落寞，
    错，错，错，都是错！
    该抓住的幸福已经失落，
    该挽住的年华已经度过，
    该留住的回忆实在太多，
    最难忘携手同欢人儿一个！

错，错，错，都是错！
　　……

　　雪珂听着他的歌，看着他的人，泪珠在眼眶里勾涌，许许多多过去的时光，点点滴滴过去的欢乐，都向她涌过来，涌过来，涌过来，把她包围着，淹没着。她记起他那首《阳光与小雨点》，记起他那首《如果有个偶然》，记起他那首在遥远时光里所唱的一支歌：

　　　　听那细雨敲着窗儿敲着门，
　　　　我们在灯下低低谱着一支歌，
　　　　如果你不知道幸福是什么，
　　　　且听我们细细唱着这支歌！
　　……

　　她坐不下去了，她无法再听他唱下去，站起身来，她悄然离席，悄悄地走向边门，悄悄地溜了出去。她以为，那么大的礼堂，那么多的同学，没有人会注意她的离去。可是，她听到"咚"然一声，有根吉他弦断了，她倏然回头，只看到他若无其事地轻拨着那吉他，断掉的弦在那聚光灯下闪着微光。他低俯着头，自顾自地弹着，唱着，那灯光打在他身上，一个瘦长、落寞的人影。她很快地离开了礼堂。
　　六月，唐万里毕业了。
　　八月，他和阿文、阿光、阿礼一起走了，到南部服兵役

去了。给她留下了一个信箱号码,和一张短笺:

　　　　当你欢乐的时候,请忘记我,
　　　　当你悲伤的时候,请记起我,
　　　　那么,你就不会再瘦了!

　　就是这样,唐万里走了。

第十四章

　　八月，天气燠热到了反常的地步，太阳成天炙烤着大地，把柏油路都晒化了。室内，到处蒸腾着暑气，连冷气机似乎都不胜负荷。人，只要动一动就满身汗。走到哪儿，都只有一种感觉，热，热，热。雪珂像她的名字，是雪做的，太阳晒晒就会融化。她从小怕热，今年好像更怕热。暑假中，她大部分时间都躲在室内，不是自己家里，就是叶刚那小单身公寓里。

　　她和叶刚的情况仍然没有改善。他们确实在恋爱，确实爱得疯疯狂狂，天昏地暗。雪珂常常觉得，连和他几小时的分手，都有"相思"的苦楚。不见面时，拼命想见面，见了面，又会陷进那"探索""研判"和"等待"的陷阱里。雪珂的感情是个大大的湖泊，叶刚是水。她似乎一直在等待这湖泊被叶刚注满。但，她总觉得注不满，永远注不满，如果不是那流水有问题，就是湖泊有问题。

这段时期，雪珂也开始和唐万里通信了，只因为同学们都说，刚刚服役的男生都"寂寞得快疯掉了"。唐万里的来信中，也有这样一句："每天第一件大事，等信。"她和唐万里的通信都很简单，纯友谊性的。唐万里来信都短短的，但，却常让她大笑一场：

  昨天晚上洗澡时，突然停电，整个连一百多人全挤在一个澡堂里洗澡，乌漆麻黑又拥挤，也不知道洗了半天是给自己洗了呢，还是帮别人洗了，摸在身上的手也不知道是不是自己的。我的声音变了，近来变得非常"磁性"，真想唱歌给你听，磁性的原因，是唱军歌和高声答数把喉咙给喊烂了。我已经是"最有味道的男人"了，信不信？热天出操。热，热，热，连三热（从傅达仁报少棒学来的术语），汗湿透了好几层衣服，湿了又干，干了又湿，哇！穿在身上，三丈外都可以闻到我的"味道"。

  前两天背枪，把脖子压歪了，这几天成了"歪脖田鸡"，脖子没好，手臂又烂了。野战训练，在滚烫的石头地上滚滚爬爬还肩了一支枪，搞得浑身是伤，青青紫紫好不凄惨。惨，惨，惨，连三惨。

  哈！居然允许我们游泳了！从营区到水边是一片被太阳晒得滚烫的水泥地，咱们一百多人，穿着最性感的泳裤（军中泳裤，大家"一视同仁"，谁都"无法藏拙"），光着脚丫子，走在水泥地上，哇呀喂！烫死了！一时之间，有抱着脚丫子跳的，有抱着脚尖跑的，有飞跃到三丈高的，有浑身扭动的……哇呀喂，精彩透了，好一场性感迪斯科泳装舞会！

看他的信，就好像他的人生龙活虎在自己眼前一样，他的眼镜，他的长手长脚，他的笑话，他的光芒，他的幽默，和他的歌。真无法忘记他，真不能忘记那些充满欢笑和阳光的日子。有时，雪珂往往会忽然怔住，怀疑自己生命中这两个人，到底谁爱她比较深？这念头一成型，她又会恼怒地甩头，责备自己：怎么能怀疑叶刚呢？怎么能怀疑叶刚呢？

真的，叶刚变得那样细腻，那样温柔，不能怀疑他，不该怀疑他。然后，一个午后，酝酿已久，压抑已久的低气压，就突然间迸发成了一场令人心惊胆战的暴风雨。

那天，她待在他公寓中，他拥着她，两人很久都没说话。然后，他用手指拨弄她的睫毛，细数她的睫毛，一根一根地数，然后惊奇地说："你知道你有多少根睫毛吗？两百多根！啊！我喜欢你的睫毛，你的眼睛，你的鼻子，你的嘴……你一切的一切。最喜欢的，是你的脑袋，这脑袋里装了太多的东西，聪明、才智、诗书、文学。啊，雪珂，你不是瑞琴。"

瑞琴，《猫桥》一书里的女主角，她像个"奴隶"般一厢情愿地去爱那男主角，不惜为了他死。而那男主角，直到她死前才知道自己有多爱她。很简单的故事，只是，写情写得太好太好。瑞琴，这是他们以前谈过的人物。"哦？"她询问地。"瑞琴是那男主角的奴隶，而你，是我的主人！"

她抬眼看他。说得甜啊，叶刚。说得好听啊，叶刚。可是，爱情里不完全是甜言蜜语啊！

"世界上最没有权利的主人。"她笑着说，"不，叶刚。你不是我的奴隶，你一生不可能做任何人的奴隶，你太强了，太自由了。你永远不会真正为一段感情屈服，去奉献自己！你不会。""我已经为你屈服了。"他勉强地说，"我会为你奉献自己。""如何奉献？"她脱口而出，"为我泡一杯茶，数一数我的睫毛，告诉我你多爱我？带我游车河，看灯海，数点点灯光，算算人生有多少故事？谈文学、谈诗词、谈暮鼓晨钟？叶刚，你知道中国人的爱情全是'谈'出来的吗？去掉那个言字旁，剩下什么？""去掉言字旁，还剩下两个火字。"叶刚蹙着眉说，眉心又竖起了深深的刻痕，他语气中也有"火"字，他又开始不稳定，雪珂久已避免的题目一下子又尖锐地横亘在两人之间，"两个火字可以烧毁一个世界。"

"所以，你只要那个'言'字就够了！"她急促接口，几乎没经过思考。他迅速地抬眼看她，忽然间，他把她用力地拉到面前来，他的手指像钳子般紧紧扣住她的手臂，使她的脸面对着他的。他真的冒火了，他盯着她的眼睛，沉声问：

"你到底要什么？"

又是老问题！又是老问题！又是老问题！是天气太热吗？热得人没有思考能力吗？是雪珂太世俗吗？太没有耐性吗？反正，在那一刹那间，雪珂爆发了。

抑制多时的思想、渴望、怨恨、不满，全在一瞬间爆发

了。在这个炎炎夏季的午后爆发了。她终于喊了出来,连自己都不相信地,坦白而尖锐地喊了出来:

"我要一切平凡人所要的那些东西!我承认,我只是个平凡的人,有血有肉的人!我不是踩在云里雾里,饮着竹叶尖上的露珠就能生活的仙子!我是人!一个女人!我告诉你我要什么!我要跟我所爱的人共同生活,组织家庭,生儿育女。我要一个丈夫,许多孩子,一个甜甜蜜蜜温温暖暖的家!我要和我的丈夫白头偕老,享受子孙满堂的乐趣。我要等我老的时候,不再有精力看日出灯海浪花晨雾的时候,我身边有个人,能握着我的手,和我坐在摇椅上,共同回忆我们共有的过去!我告诉你,这就是我要的!你逼我说出口,我说了!不害臊地说了!你可以看不起我,你可以骂我庸俗!我告诉你,每个人一生里都有矛盾,每个人一生里都有段时间,会陶醉在虚无缥缈的境界里。哦,叶刚!"她激烈地喊着,"虚无缥缈并不诗意!虚无缥缈只是个'空'字!我不知道你一生里恋爱过多少次,我从不追究你的过去,可是,在我介入以前,你生命里也只有一个'空'字!你早就可以抓住一些东西,一个名叫'幸福'的东西,一个只属于你的女人,和一个家!你什么都放掉了,你什么都没抓住。现在,我来了。一个活生生的人,站在你面前,有形体,有骨肉,不是云,不是烟,不是雾,不是芦苇,也不是竹子!是个人!你懂了吗?一个平凡而实在的人!我不向你要求什么,只问你一句话,如果你真爱我,是不是愿意和我携手共同生活,共同去走一条漫长而永久的路?共同面对人生,面对未来。而且,也共同享受人生,享受未来!"她一口气喊到这儿,停住了。她的脸涨得红扑扑的,眼睛闪闪亮,鼻尖上冒着汗珠。她热烈地、坦率地、真诚地、迫切地盯着他,忘了羞耻,忘了自尊,忘了矜持。这些话从她心底深处冒出来,每个字都带着她真正的爱,和真正的奉献。

他站在那儿,有一刹那间,他的眼眶湿润,眼珠像浸在水雾里,黑黝黝又湿漉漉的,看得她心都跳了,头都昏了,血液都奔腾了……可是,像电光一闪而逝,这眼神立刻变了。又变得像吵架那个晚上了,他的背脊不知不觉地挺起来,全身僵硬,目光严峻了,冷漠了,凌厉了。眉头又结在一堆,额上的青筋在跳动,脸上的肌肉在扭曲……

她的心又往地底下沉去。她眼看着这张脸在她面前"变",不知怎的,她想起前不久在电视上重映的黑白片:化身博士。那男主角能在转瞬间由善良变为狰狞,由君子变为恶魔。她瞪着他,额上也在冒汗了,手心也在冒汗了,背脊上也在冒汗了。她可以感觉到自己那件薄薄的丝衬衫,被汗水湿透而贴在背上。"雪珂,"他终于开口了,声音缓缓的,冷冷的,带着嘲弄与羞辱的,"你——在向我求婚吗?"

她感到全身的血液像一下子被抽得光光的,心脏倏地往下一坠,落到个无底深渊里去了。她知道自己一定又"惨无人色"了。又来了!那个晚上的伤痛又来临了。她挺立着,汗水顺着背脊往下淌。她想掉头而去,立刻掉头而去。可是,她居然听到一个软弱万分的声音,从自己嘴中细细地、软弱地、可怜兮兮地吐出来:"你说过,要用我的方式来爱我!"

"那么，你确实是在向我求婚了！"他慢吞吞地说，"你要我跟你结婚，一起上菜场，一起进厨房，一起上床，制造合法生命，然后，看你喂奶包尿布，看你在孩子堆中蓬头垢面，拿着锅铲对我呼来喝去……这种生活我看得太多太多了！对不起，雪珂。"他紧咬嘴唇，唇边的肌肉全痉挛了起来。他忽然笑了，嘲弄而冷酷地笑了，刻薄而尖酸地笑了。他边笑边说："哈哈！雪珂，你真让我受宠若惊！我说过用你的方式来爱你，并不知道你的方式只有这一种！原来，你这么急着怕嫁不出去！你为什么捉住我，不捉那个七四七呢？因为我已经有经济基础，有房子有车子有事业了吗？……"

她惊愕万状地瞪大眼睛，然后，想也不想，她挥手就给了他一耳光。这一耳光打得又清脆又结实，这一耳光把他那可恶的笑容打掉了。他不笑了，他瞪着她看，眼中流露出一种她从未见过的凶光，他一把就抓牢了她的手腕，用力扭转，扭得她整个胳臂都好像要断掉。他厉声地、凶暴地喊了出来："你以为你是谁？你敢打我耳光！你有什么资格打我耳光？我告诉你，你是我玩过的女孩里最没味道的！我连跟你上床都提不起兴致！你那见鬼的伦理道德观念！想和我结婚，门都没有！如果我肯结婚，今天还会轮到你来求我，我早就娶了别人了！你这个莫名其妙的女人！你一点自知之明都没有，你太高估自己的力量，你以为我和你在恋爱吗？你不知道我仅仅拿你在填空吗？你不知道你对我来讲，不够资格谈任何前途未来吗？……"她用了全身的力气，把手腕从他掌握中抽出来。她瞪着他，恐惧地瞪着他，这才发现，自己从没有真正认识过他。他不是个正常人,他是个精神病患者,他是个疯子!他不可能是她用全心灵热爱着的那个男人。她反身开门,全身发抖,哆嗦着扭转门柄,听到他在身后喊:

"我劝你不要像上次那样满街去展览你的失恋相!这次,我不会跟踪你,我对你的兴趣已经没有了!被汽车或火车撞死,是你活该!"她打开房门,"逃"出了那间公寓。冲到电梯里,她背靠在电梯壁上,觉得冷汗从额上滴下来,沿着脖子,流进衣领里。她用衣袖拭着汗,立刻,整个衣袖都被汗湿透了。她站在那儿,只觉得自己两条腿都在发抖。电梯降到了底楼,她机械化地迈步出去,一阵热烘烘的空气扑面而来。她走出大厦,阳光晒在头顶上,带着烧炙的力量。她站在街边,看着街车满街穿梭着来来往往,脑子里还在轰雷似的回响着他的话:"我劝你不要像上次那样满街去展览你的失恋相!这次,我不会跟踪你,我对你的兴趣已经没有了!被汽车或火车撞死,是你活该!"是的,她慌乱地去抓住脑中的思想。不要满街去展览自己的失恋相!她必须有个地方去,她必须有地方躲,她必须有个地方藏!藏起自己的屈辱,藏起自己的失败,藏起自己的绝望,更藏起自己那颗无知的、盲目的、可悲的心!"家",她想着这个字,咀嚼着这个字。"母亲",一个名词、一张脸、一双手臂、一个可供憩息的胸怀。她站在街边,挥手叫了一辆计程车。回到家里,裴书盈刚刚下班回家。她笔直地走向母亲,温柔地、清晰地、安静地说:

"妈!我知道我又苍白得像张纸了,不要在我满身找伤口，我身上一点伤都没有。只是，我的心不见了，给一种我不明白的动物咬走了。不过，没关系，让我休息一段时间，我保证，我还是会活过来。我可以让一个人打倒，我不能让一种我不明白的动物打倒！所以，我会活过来，我会活过来！"

裴书盈睁大眼睛，看着面前那张苍白如死，却镇静如石头般的脸孔，完完全全地吓愣了。

第十五章

　　足足有十天，雪珂待在家里，大门都没迈出一步。

　　她非常非常安静，常常一整天都不说一句话，坐在窗前，她可以一坐好几个小时。尤其是晚上，台北市灯火辉煌，她就痴望着那些在黑夜中闪烁的灯光，经常看上整整一夜。当黎明来临时，她会用极端困惑的眼光，注视着那阳光乍现的一瞬。她始终没有告诉裴书盈，到底发生了些什么事。裴书盈也不敢问，她从雪珂那安静得出奇的脸庞上，看出这回绝不是情人间的争吵，看出雪珂是真正地遭受了"巨创"。这"巨创"严重的程度，是裴书盈几乎不敢去探究的。她那么静，静得不像还活着，静得让裴书盈惊悸而害怕。但是，雪珂并没倒下去，她那么努力地"活"着，那么努力地"养伤"，那么努力地去找回自我。那种努力，使裴书盈都能感觉到，体会到，而为她深深感动不已。

　　这十天的蛰伏，可能是雪珂生命中最漫长的一段。她大部分的时间都在沉思,那乌黑的眼珠,变得蒙蒙的带点灰颜色,静悄悄地转动着。人的头脑不知道是什么东西,能装得下万古之思,千古之愁。她就坐在那儿沉思,把十根手指甲全啃得光秃秃的。这十天里,她没有接听任何一个电话,事实上,那个叶刚根本没有打电话来,也没有再出现过。雪珂显然也不期望他的电话和出现,这是一次彻彻底底的结束。裴书盈心痛地看她这么严重地去"结束"一段情,苦于没有办法帮助她。她不听电话,不出门,不看书,不做任何事,连唐万里写来的信,都堆在案头,没有拆阅。

裴书盈那么担心,她已经想找精神科的医生来治疗她了。但,十天后,她突然又有了精神,又"活"着了。她从她蜷伏的椅子里站起来,去梳头洗脸,换了件干净清爽的米色洋装,她打了个电话,不知道给谁。然后,她拿起手提包,告诉母亲说:"妈,我要出去看一个朋友!"

裴书盈望着她,她多瘦呵,十天里,她起码又瘦了三公斤了。不过,她肯出去看朋友,总算有转机了。裴书盈心痛地点点头,于是,雪珂出去了。

雪珂去看的朋友,是裴书盈绝想不到的,她去了徐家,不是看徐远航,徐远航这时间正在上班,她去看另一个人:林雨雁。坐在徐家客厅里,林雨雁一见到雪珂,就惊异地叫了起来:"老天,雪珂,你病了吗?怎么这么瘦呵?"

"没关系。"雪珂温柔地笑笑,笑得那么单薄,似乎连笑容里都在滴着血。用人递上一杯冰柳丁汁。她就静悄悄地喝着柳丁汁,"只是情绪不太好。"

林雨雁深深地看她一眼,她眼底有着了解的神色。她走过来,在雪珂对面坐下,也拿起一杯柳丁汁,慢慢地饮着。她说:"你打电话来说有事找我,很重要的事吗?"

"嗯。"雪珂哼了一声。凝视着杯子,半晌,她抬起眼睛来,静静地盯着林雨雁。脸上,是一片奇异的坚定和镇静,她清清楚楚地说:"来向你打听一个人:叶刚。"

林雨雁垂下眼睑,睫毛在眼睛下投下一圈弧形的阴影。她美好的脸庞细致柔和,小小的鼻子微翘着,嘴巴是一个完美的弓形。她真美!雪珂在这时,还有闲情来欣赏她的美丽。雨雁沉思了片刻,她脸上没有惊奇,也没有抗拒,她只是很专心地在想什么。然后,她扬起睫毛来,正视着雪珂,黑白分明的眸子里盛满了同情与关怀。

"你和他闹翻了?"她柔声问。不等答案,她就轻轻地叹了口气:"上次,你和你爸爸,为了他吵架的事我都知道,我告诉过你爸爸,这个人不能长久相处,处久了,一定会被他伤害。除非你能对他不动真情,除非你能跟他保持距离。除非你不爱上他,他也不爱上你!否则,你会吃苦,你会吃很多很多很多的苦。"她一连用了三个"很多",来强调她的语气。"你也为他吃过很多苦吗?"雪珂率直地问,很深刻地注视着林雨雁。雨雁想了想。"不。"她坦白而真挚地说,"我没有为他吃太多苦,因为我没有让自己深陷进去。或者,我了解他比你了解得多,我父亲认得他父亲,我很小就认识他。他的历史,他的故事,他的过去,我都太清楚。有一阵,我几乎迷上他,他真是个迷人的男人,是不是?用'迷人'两个字好像有些过分。但是，没有另外两个字比这两个字更好。当他动感情的时候，他那对眼睛好像能穿透你，事实上，他真能穿透！他是我遇到过的人里最最聪明，最最有魅力，也最最有情调的。"

雪珂一眨也不眨地盯着她。

"那么，你怎能使自己不陷下去？"

"因为……"雨雁睁大了眼睛，"我看过为他陷下去的榜样！""哦？"雪珂询问地应着。

雨雁不说话了，她握着杯子，深思着。她眼中掠过一抹矛盾的光芒，嘴唇动了动，欲言又止。雪珂向前扑了扑，她"努力"维持着镇静。十天了，她已经有十天的光阴让她来稳定自己，也"面对"事实。可是，这时，她仍然觉得呼吸急促而迫切。"请你告诉我！"她几乎是一个字一个字吐出来的，"请你不要隐瞒，这事对我很重要。"

雨雁仍然在沉思，她歪着头，用手下意识地梳着头发。然后，她看雪珂，狐疑地问：

"你不是和他闹翻了吗？"

"是。""那么，不用去知道任何事了。"她很快地说，"我只告诉你，跟他分手是最明确的决定，他不会给任何女人幸福。跟他在一起，是完全没有前途也没有结果的。我就是太了解这一点，才能及早抽身。或者，我和你不同，我比较讲求实际，你比较喜欢幻想，所以你会这样难以自拔。"

"你的意思是，他不是森林，不是夜，不是海，不是日出……他是个烟雾迷蒙得像神仙幻境的泥淖，一不小心，掉下去就没有命了。"雨雁又沉思起来了,好像这是个十分、十分、十分难以回答的问题,半响,她才振作了一下,说:"不要管他了,好不好?"她声音里有祈求的味道,"离开他就对了。"雪珂一瞬也不瞬地注视着雨雁,缓缓地,缓缓地摇头。她郑重而严肃地说:"你有义务要告诉我,他到底是什么样的人。因为,你嫁给了我的父亲。因为,我和他第一次遇到,是在你的婚礼上。第二次遇到,是在这间客厅里!因为,是你在冥冥中操纵了一切,是你给了我这么大的影响:让我掉进这十八层地狱,永世不得超生!"雨雁震惊了。她震惊得几乎跳起来,她瞪着雪珂,瞪了好久好久,然后,她用手抵着额,低呼着说:

"老天!你爱惨他了,是不是?"

惨?是的。惨,惨,惨,连三惨。

雪珂不说话。雨雁沉吟良久。

时间一分一秒地过去,两个年轻女人彼此凝视,空气里有种沉重的气氛。越来越沉重,越来越紧张。终于,雨雁看了看手表,皱着眉,咬着唇又想了一会儿。然后,她站起身来了,安抚地拍拍雪珂的手,她点点头说:"你坐一下,我进去一会儿马上来。"

她转进卧室里面去了,然后,雪珂注意到客厅的电话有叮叮的声响,她在卧室里打电话,她去搬救兵了。雪珂用手支着脸,望着那电话机。搬救兵?她会打给徐远航,很快地,徐远航就会回来了!他们会一起敷衍她,劝解她,安抚她,然后把她送回家去。这是一次毫无意义的拜访,是个很无聊的拜访……她正想着，雨雁从卧室出来了，她换了件很素雅的纯白色洋装，手里拿着皮包和一串汽车钥匙，她简单而明了地说："雪珂，我带你去见一个人！"

雪珂有些狐疑，有些困惑，原来她并没有去搬救兵，原来她真在帮她忙。一语不发地，雪珂拿起手提包，很快地站起来，跟着她从边门走向车库。雨雁有辆很可爱的小红车，她打开门，让雪珂进去，她再坐上驾驶座。

车子在台北市的街道上驶着，一路上，她们两个谁也不开口。雨雁似乎在专心开车，专心得心无旁骛。雪珂则努力在抑制自己那奔驰的胡思乱想，和内心深处那种近乎痛楚的等待和悸动。她斜倚在车内，背脊僵直，眼光直勾勾地瞪视着车窗外的街道。车子穿出台北市，驶过圆山大桥，转向了士林的方向。再一会儿，车子转进一条小巷，最后，它停在一栋貌不惊人的二层楼房子前面。这房子还是早期大批营造的那种独幢而毗连的公寓，占地大约只有三十几坪，可喜的是还有个小巧的花园。雨雁按了门铃。

雪珂呆立着，看看门牌，门边没有挂任何"××寓"字样，没有姓名，门内，要迎接她的不知道是什么。一时间，她竟异想天开，说不定出来的是叶刚，另一个叶刚，完全不认得她，一个拘谨内向的小人物。电影里有过这种故事，叶刚是个双重性格的人：一个是感情的刽子手，另一个是老老实实的家庭男主人。大门"豁啦"一声开了，雪珂的心脏几乎从嘴里跳出来。定睛一看，没有什么叶刚！门内，站着个年轻的女人。她的心定了定，这才注意起这个女人，正像这个女人也在仔细地注意她一样。这个年轻女人十分朴素，她穿了件条纹的麻布衬衫，牛仔长裤，头发松松地挽在脑后，用一支发夹夹着。脸上不施丝毫脂粉，可是，可是，可是……她却有动人心处！雪珂几乎是惊讶地看着那张脸，白皙的皮肤，挺直的鼻梁，略带忧郁的大眼睛，坚毅而颇富感性的嘴唇……这女人，如果不是额上已显皱纹，不是眼角已带憔悴，不是眉心轻锁着无尽之愁……她是美丽的！不只美丽，她还有一种雪珂所熟悉的气质，文雅，高贵，细致，这也是雨雁身上有的。或者，也是雪珂身上有的。雪珂在惊悸中，倏然体会到三个女人身上所共同的一些东西。她有些猜到面前这个女人是谁了。"我看过为他陷下去的榜样！"雨雁说过。这就是了，这就是了。叶刚生命里另一盏昨夜之灯！

"雪珂！"雨雁打断了她的冥想，"我给你介绍一位朋友，这是杜忆屏，回忆的忆，屏风的屏。我们彼此称呼名字就好了。忆屏，这是我在电话里跟你提过的裴雪珂。"

杜忆屏点了点头，更深地看了看雪珂。"我正在等你们，"杜忆屏反身向室内走，"进来吧，外面好热。"雪珂也觉得热了，热得她头昏昏的，汗水又湿透背上的衣服了。她心里有点迷迷茫茫，恍恍惚惚的，直觉地体会到，真正的"结束"将在这个地方，真正让她死掉心的也是这个地方。叶刚，叶刚，叶刚。她心里还在低回着这个可诅咒的名字。她们走进了屋里。这是间陈设非常简单的小客厅，几张藤沙发就占掉了客厅的大半，墙上光秃秃的连张字画都没有。室内整洁干净，太整洁太干净了，整洁干净得没有人味了！

"请坐！"杜忆屏指指椅子。

雪珂和雨雁坐了下去。忆屏跑进厨房，倒了两杯茶出来。雨雁很快地说："忆屏，你不要招呼我们，我们坐一下就要走。你知道我来的意思。雪珂从来没听过你的名字，我希望你把你的事告诉她。"杜忆屏拉了一张藤椅，坐在雪珂的对面，她更深切而深刻地打量雪珂。雪珂也再一次地打量她，惊愕地发现，那对忧郁的大眼睛里，竟藏着无边无尽的痛楚和热情。杜忆屏吸了口气，眼光幽幽地停在雪珂脸上。

"你要知道叶刚是怎样一个人？"她问。

"是的。"雪珂从喉咙中压抑地、痛苦地吐出两个字。事实上，她觉得已经不必再求证什么了，杜忆屏的存在已说明一切！眼前这对憔悴的大眼睛已说明一切！憔悴。忧郁。这四个字从没有如此强烈而真实地显现在雪珂面前过。她总认为这四个字是抽象的形容词，可是，现在，她觉得这四个字在杜忆屏身上，简直是有形体的，简直是可以触摸到的！

"好，我说。"杜忆屏咽着口水，嘴唇很干燥，"七年前，我和叶刚在一起，他二十四岁，我二十一。那年，我刚从大学毕业，分到某报社当见习记者，那年电脑的设计在台湾很风行，叶刚正着手这个事业，我去采访他，从见到他那天起，我就完了。"她低垂下睫毛，双手放在膝上，她不看她，只看着自己的双手。"叶刚并没有欺骗我。从一开始，他就叫我离开他，他说他不是好女孩的归宿，他不要婚姻，不要拘束，不要被一个女人拴住鼻子，不要家庭生活……"她停了停，抬眼看雪珂，静静地问，"这对于你，大概是很熟悉的句子吧!"雪珂苦恼地点点头,雨雁轻轻地叹了口气。

"叶刚警告过我,是我疯狂地爱上了他。我爱得没有理智,没有思想,我根本不在乎婚姻,我只要跟着他。那一阵,他对我也确实很迷恋,我们爱得昏天黑地,可是,不管如何相爱,他的爱里从没有'责任'两个字。没关系,我不要他负责任,我只要跟他在一起,我们同居了。"

她用手指抚摸着牛仔裤上的褶痕,沉默了一下,再抬起眼睛来,很深地看着雪珂,她急促地接下去说:"我做错一件事,我不该跟他同居的,同居的本身,就有一半是婚姻生活,他开始烦躁,开始受不了。然后,我怀孕了。"雪珂惊颤了一下。紧紧地凝视杜忆屏。啊,那无边无尽的忧郁,那彻彻底底的憔悴,她简直可以触摸到!忆屏用舌头润了润嘴唇,那嘴唇干燥得快裂开了。

"他知道我怀孕之后,气愤得不得了,要我把孩子拿掉。那时我很昏头,我忽然渴望起婚姻来了,我要那个孩子!要他和我共同的孩子。我厚着脸皮求他结婚,甚至于,我答应他,先写好离婚证书给他,我只要有个合法的孩子。他不肯,他什么都不肯。然后,他变成了另外一个人,翻脸无情,尖酸刻薄。噢,"她紧咬了一下嘴唇,眼里蒙上一层雾气,"我忍受了很多没有女人能忍受的耻辱!"

雪珂眼眶湿了,泪珠涌上来了,她知道杜忆屏忍受了些什么,她知道。"这故事很简单,"杜忆屏再说,"他坚持不肯结婚,我坚持不拿掉孩子,于是,有一天,我从外面回到家里,发现他把他所有的东西都拿走了,留了张条子给我,上面只有一句话：'所有的一切都结束了，如果你有自尊，不要再来烦我！'我病了快一个月，然后，我也搬出了那个临时的小窝，学着如何再站起来，如何再面对自己。就这样，"她含泪盯着雪珂，"我从此没再见过那个人：叶刚。"她费力地吐出那名字，"可是，我常常听说他，听说他怎样在轰轰烈烈恋爱中，又怎样无声无息地结束掉。"她喘了喘气，仰起头来，轮流看看雨雁又看看雪珂。雨雁很沉默，雪珂却忍不住流下泪来。

"孩子呢？"她哽塞地问。

"孩子——"杜忆屏迟疑了一下，"孩子已经五岁多了，念幼儿园大班，现在上课去了。"

"他甚至没再来看过孩子？""没有。他甚至不承认有过孩子！"

雪珂伸手拭去泪痕，心底一片空茫。结束，这就是结束的那一刻，她早就猜到了。但是，要"认识"一个人，居然要付这么大的代价吗？她抬眼看杜忆屏，不，真正付了最大的代价的还不是自己，而是面前这个女人！憔悴忧郁，憔悴忧郁，老天！这女人的肩上，有多重的负荷啊！

雨雁站了起来，拉住雪珂的手。

"雪珂，我们走了吧！不要再挖别人的伤口了。"

雪珂顺从地站了起来，痴痴地看着杜忆屏，泪珠又涌了出来，不为自己，而为忆屏。她想对她说什么，却苦于无话可说。身体上的伤痕可以愈合，心灵上的伤痕却足以毁掉一个人的一生！还有那个孩子！她默默地，含泪地伸手给忆屏，紧紧紧紧地握了她一下，低声说了句："再见！谢谢你。"很快地掉转头，她跟雨雁走出了那间客厅，走到花园，冲往大门去了。而杜忆屏，在被唤醒的回忆里，在那深深的旧创中，兀自站在那儿发愣。

雪珂走到了大门口，又情不自禁地回头张望一眼，杜忆屏挺立着，肩上压着沉沉甸甸的忧郁。阳光中有些闪烁的灰尘，闪了雪珂的视线，杜忆屏隐在那阴暗的屋里，一盏昨夜之灯，曾经放出光芒，曾经照耀黑暗，如今，却积满灰尘，不受注意地搁置在屋角一隅，随它被时光吞噬、湮灭。

雪珂的手伸向门闩，准备打开大门了。忽然，身后响起杜忆屏一声急促而迫切的呼唤：

"裴雪珂！回来！再说两句话！"

雪珂蓦地收住脚步，雨雁却一阵惊颤。雪珂回身往屋里走，雨雁紧紧地抓住了她。

"不要再去打扰她了！"雨雁急促地说，"她受够了！不要再和她谈下去了！"雪珂愣了愣，却没办法让自己跟雨雁走，她觉得，那杜忆屏还有股强大的力量，把她唤了回去。她无法置之不理。她走了回去，站在屋里，又面对着杜忆屏了。

第十六章

杜忆屏直挺挺地站着,眼睛睁得很大很大,她目不斜视地、专注地、深刻地看着雪珂。

"你爱他?"她简短却有力地问。

"是。"雪珂也简短地回答,痛楚地从齿缝里吸了吸气,"不过,现在已经不能确定是爱是恨了!"

"你不了解他?"她再问,"你不知道他是人还是魔鬼?你不明白他为什么可以在短短几分钟之内,从温柔变为暴戾,从多情变为冷酷?""忆屏!"雨雁惊动了,她伸手去拉她,"不必再去回忆了,不必再说了!""让我说!"忆屏忽然激动起来,她拂开雨雁的手,双眸燃着两簇怪异的光彩,热烈地紧盯着雪珂,"让我说!我必须要说出来!裴雪珂,你既然来了,你应该知道一切!你应该……""忆屏!"雨雁惊呼,"你不守信用!"

雪珂震动了。她惊愕地看雨雁,再惊愕地看忆屏,难道这故事是编出来的吗？难道她们串通好了来对她演戏吗？难道这里面还有隐情吗？难道杜忆屏是雨雁创造出来的人物吗？她直视着忆屏，呼吸开始急促起来，脉搏开始不规则地跳动，情绪开始紧张，而心灵深处，有种迫切的渴望在像海浪般翻翻滚滚了。"你要告诉我什么？"她急促地问，"你想告诉我什么？你说！你说！""不要说！"雨雁喊，"不要说！"

"要说！要说！"雪珂喊，祈求地把自己发热的手压在忆屏的手上，"告诉我！告诉我！"

忆屏凝视雪珂，眼里逐渐被泪水浸透。

"你要听，"她咬牙说，"你就准备听一个很残忍的故事，比我刚刚说的故事更残忍……"

"忆屏！"雨雁激烈地喊了一声，冲上前去，还想阻止什么，忆屏甩开了她，只是紧握着雪珂的手。雨雁跌坐在椅子里，她用手捧着头，发现自己已经无法控制这场面了，她呻吟着说："早知道我就不带她来了！我不该带她来！不该带她来！""怎样？怎样？"雪珂追问着，苦恼地望着忆屏。"到底是怎么回事？""雪珂，"忆屏那皮肤干裂而粗糙的手，在微微颤抖着，"你很像我，像七八年前的我！即使他对你说了最刻薄的话，你还是忍不住要爱他！他对你很刻薄吗？很冷酷吗？他吼过你，叫过你吗？他贬低你的自尊让你恨不得死掉吗？"她一连串地问着。"是，是，是。"她一迭连声地答着。

"那么，你一定说过要和他结婚的话？""是。"忆屏默然片刻，眼底的泪雾在扩大。

"好，"她下决心地说，"我告诉你叶刚的故事。你知不知道叶刚的父亲有好几个太太？他生身母亲是个绝世美女，被他父亲强占娶来当小老婆的？"

"哦，"雪珂一怔，"我只知道他父亲的事，不知道他母亲的详细情形。""他母亲很美很美，你看叶刚就明白了，叶刚也够漂亮了。但是，他母亲生来就有病，是先天性的智慧缺陷。叶刚的父亲有钱有势，看上她的美色，而强娶了她。这女人当然是个悲剧，她很早就死了。叶刚的反婚姻可能从小就根深蒂固，但，真正使他怕得要死的还另有因素……"

"怕得要死？"雪珂抓住几个关键字，困惑地问。

"你没发现他怕得要死吗？"忆屏深刻地凝视她，强而有力地问，"他不是抗拒婚姻，抗拒家庭，他是怕，怕得要命！怕得要死！""哦！"雪珂怔着。"你知道叶家兄弟姐妹很多吗？叶刚有好多异母的哥哥姐姐？""我只听说他有个死去的小弟弟。"她回忆着。

"一个吗？他说只有一个吗？他有没有说怎么死的？什么病？"雪珂摇头，想起那个晚上，他们一起看灯海，讨论神的存在。众神何在？众神何在？众神默默，为什么众神默默？

"听我说，裴雪珂。"忆屏唤醒了她，"叶刚不止一个弟弟，他有两个！两个亲生的，同父同母的弟弟。他的母亲生过三个孩子，叶刚是老大。下面两个弟弟，居然都是患有先天性多重障碍的孩子。我说得太专业术语了，换言之——"她顿了顿，咬咬牙，说了出来，"都是先天性畸形加白痴，智商接近于零的孩子！例如，小脑症、水脑症、唐氏综合征等。这两个孩子被诊断为先天性脑性麻痹，到底是什么样子，什么症状，我不知道。只知道他们都长不大，十几岁还像两个小婴儿，不会走，不会思想，不会发育，不会说话。你见过这种孩子吗？你见过吗？"雪珂睁大眼睛不语。"你能想象家里有这样两个孩子的痛苦、压力，和恐怖吗？叶刚从小就在这两个弟弟的阴影底下长大。叶家以这两个孩子为耻辱，羞于对外承认，把两个孩子关在一间小屋里，虽然请了专人照顾，这两个孩子依旧都只活到十几岁。叶刚对这两个小弟弟，又爱又怜又怕又恨，这种感情很矛盾，他说念小学时，同学都不理他，像躲避麻风病人一样躲避他，说他是怪物的哥哥，说他会'传染'。哦，叶刚有个不堪想象的童年。每次他和我谈起这件事，他都会浑身发抖。哦，他怕得要死，他真的怕得要死！"

　　雪珂傻住了，呆住了，愣住了。她直直地盯着忆屏，这些事，叶刚居然没有对她提过一个字。她心里有一点点明白了。"叶刚的两个弟弟，给叶家留下了一个疑团。到底是什么因素，会连续生下两个不正常的孩子？医生说，原因有两种，一个是基因遗传，一个是高龄产妇。但是，叶刚的母亲怀孕时才只有二十几岁，当然不算高龄。而她本身就不健康，结论变成遗传的因素占最大。你懂吗？"她瞪着雪珂，深刻地问，"你懂了吗？"雪珂呆呆地站着，闻所未闻地听着这些事。她一眨也不眨地紧盯着忆屏，咽着口水。嘴里又干又涩，好像全身的水分都在这片刻间被抽光了，连舌头都发干了。雨雁坐在藤椅里，满脸的苦恼，满脸的无可奈何，但是，她的眼睛也逐渐地湿了。"哦，雪珂，你们不知道，叶刚精神上的痛苦会多么沉重！叶刚从懂事就开始害怕，他从不认为自己是个正常的男人！他去看过医生，验过血，医生们异口同声，都说脑性麻痹的遗传性实在很小很小，叶刚应该是正常的，医生无法从血液或任何科学技术中查出叶刚有没有遗传因子。可是，叶刚不能除去他弟弟们的形象，不能除去他自己有这个遗传基因的可能性。噢，雪珂，他是那么热情的，他爱起来是那么疯狂的，可是，他怕到不敢和他爱的女人上床！"

雪珂傻傻地听着，心脏开始痉挛起来，痉挛起来，痉挛得那么痛楚，那么痛楚，她额上冒出冷汗来了。

"我和叶刚从认识到相爱，"忆屏继续说下去，声音平静了一些，"是段艰苦的心路历程，那时，叶刚已经学会用独身主义来武装自己，学会一套反婚姻的哲学。但是，爱情来得那么强烈，我们在争争吵吵离离合合中挣扎，那时，叶刚还年轻，保密的功夫并不很到家。我终于知道他心中的结，和他的恐惧了。我终于知道他之所以不能面对婚姻的原因了。我决心要治好他，于是，我跟他同居了。我告诉他我吃避孕药，不会有孩子，他相信了我，有一阵，我们几乎活得很好了，几乎像一般恩爱夫妻那样幸福了。他也不再说刻薄话来让我灰心，也不故意侮辱我，来赶我走，我们甚至计划结婚了。这时，我怀孕了。"雪珂震动，雨雁悄然抬头，忆屏脸上的血色没有了。

"我的怀孕造成我们之间最大的裂痕，他气得快疯掉，坚持要我拿掉小孩。可是，我那么渴望一个孩子，他和我的孩子，知道怀孕的第一天，我就已经爱死那个孩子了。我不肯拿，说什么也不肯拿掉。我去看了几十个医生，所有医生告诉我，他的恐惧毫无医学根据，我不会生畸形儿，也不会生白痴。但是，叶刚怕死了，真的怕死了，他骂我、命令我都没有用，他就转而求我，他说，如果孩子不正常，会要了他的命，会毁掉他所有的自信，剥夺他爱与被爱的权利。甚至，作为一个人的权利。他说，如果我坚持要生这孩子，他马上和我分手。哦！"她喘了口气，"雪珂，我前面告诉你的故事是假的，不是他离开了我，而是我在这时离开了他。我远远地跑到花莲去住，躲在那儿，等着生产，我要抱着我正常的儿子回来，告诉他他有多傻，治好他心理上的恐惧症。我有把握，那时，一切都会好转，他会从所有阴影里解脱出来，只要有个正常的孩子！"她停下来，再喘口气，她眼底幽幽地闪着光，唇边有薄薄的汗珠。

雪珂屏住呼吸，动也不动看着她。紧张的气氛弥漫在整个室内。"然后，在我生产前十天，叶刚找到了我。从我走后，他就在疯狂地找我，在报上登寻人启事，又到我父母朋友家去闹，最后，他找到了我。我已大腹便便，就快生产了。这时，说什么话都是多余，我们只有等待谜底的揭晓。叶刚每天如坐针毡，喃喃自语，像发了神经病一样，我也非常非常紧张，虽然医生跟我一再保证，实在不太可能有问题。然后，我生产了。"她又一次停下来，仰头看了看天花板，泪珠在她眼眶中激荡，她坚强地不让那泪珠掉下来。雪珂微张着嘴，不敢问那答案，心里乱糟糟的，头脑里昏沉沉的，思想几乎停顿……她只是瞪着忆屏,死死地瞪着忆屏,室内有好一阵的沉寂。

忆屏忽然回过神来了。她拉住雪珂的手,坚定地说:

"跟我来,看看我的儿子!"

"他……他……"雪珂嘴唇颤抖着,话都说不清了,"他不是在……在幼儿园吗?"

"他不在幼儿园,他永远不会去幼儿园!"她回头看雨雁,"雨雁,你以前见过他,要不要再看看他?"

雨雁激灵灵地打了个冷战。

"不。我在这儿等你们。"

雪珂心中冰冷,血液都快凝固了,忆屏拉着她的手,不由分说地向楼上走,她被动地跟着她,想不去也不行。一步一步往上跨,每跨一步,就多一次战栗,每跨一步,就多一分紧张。最后,她们上了楼,停在一扇门前面。雪珂听到一阵奇奇怪怪的"咿咿唔唔"声,像笑,不是笑,像哭,不是哭。然后,忆屏从口袋里掏出一把房门钥匙,插在锁孔中,打开了那扇锁着的门。立刻,雪珂看到了那个孩子。

他在一间空空的房间里,什么家具都没有。他很小很小,看起来只有两三岁大。有颗很古怪的头,他居然没有后脑,整个后脑是平直削下去的!头顶上稀稀疏疏地有几根头发,眼睛向外斜垂着,舌头吐出唇外。他趴在地上,用四肢行走,手指全是短小的,畸形的。嘴里咿咿唔唔地发出怪声。穿着婴儿的衣服,居然还包着尿布。忆屏走了进去,抱起那孩子,把面颊贴在那孩子畸形的头颅上。泪水始终漾在她的眼眶中,她也始终没有让那泪水落下来，她回头看雪珂：

"我把他锁起来，是怕他摔到楼下去，他不会保护自己，常常受伤。医生说，他永远不会进步。"

雪珂觉得背脊上冒着凉气，浑身都竖起了鸡皮疙瘩，胃里一阵翻江倒海的搅动，她简直要呕吐了。她别过头去，不想再看，头里像晕船般晕眩起来。忆屏凝视着她，颤声说：

"你怕看吗？如果这是你的孩子，你会怎样？"

雪珂倒退着靠在墙上，不能想，不敢想。她勉强镇定着自己，勉强要整理出一个思绪：

"医生不是说……不会……不会……"她嗫嚅着，就说不出口畸形儿或白痴的字样。

"医生！"忆屏激烈地答着，"医生能保证的是科学理论，超越理论范围，就只有上帝知道了。到现在医生们也不明白这是什么道理，他们说这只是一种巧合。十几年前，有对夫妇一连生了三个唐氏综合征的婴儿，三次！没有一次逃掉这噩运，每次医生都说不会再来了，却又来一个！逼得这对夫妇完全崩溃，至今，这三个唐氏综合征的孩子还在真光育幼院里。医生们认为不可思议。可是，这种事居然发生！没有道理地发生！没有天理地发生！而且，发生了就发生了！连一丝丝一毫毫挽救的余地都没有！"雪珂再看了一眼那孩子，又慌忙地低下头去。人生能有更惨的事吗？她想不出来，忆屏抱着那孩子的样子，是一幅最凄惨的图画，这种凄惨，胜过死亡。死亡，还是一种结束，这种生命，却是无尽止的折磨。

"你看到我的儿子了！"忆屏又开始说，语音沉痛，"你也看到叶刚的儿子了！你知道当时的情况吗？当医生告诉他孩子是唐氏综合征，当他见到孩子的样子，他几乎完全疯了。他对我吼着说我杀了他了，他狂奔到街上去，被人捉回医院，医生给他打镇静剂，差点要把他送到疯人院去。后来，他父亲赶来把他带走了。我从此就没再见到过他！从此就没再见到过！"她咬咬牙，挺了挺胸，那瘦瘦小小的"孩子"像条章鱼般伏在她肩上，"不过，叶家没有亏待我，他们一直按月寄孩子的医药费和生活费来。但，他们全家，也没有任何一个人能面对这孩子。我不怪他们，我一点也不怪他们，有时，午夜梦回，我真恨我为什么要生这个孩子，但是，生命已经降临了，我再也无可奈何了，最悲哀的是，孩子即使是这个样子，我仍然爱他！我仍然要他！所以，雪珂，你知道吗？我这一生，将永远被这个孩子锁住，再也不会、不能去容纳别人！包括那恨我怪我的叶刚在内！这病孩子，就是我未来整个整个整个的世界了。"雪珂不知不觉地抬头看着她了，现在，她已经比较能面对这畸形的孩子了。主要地，她被忆屏所眩惑了，被忆屏那种坚决所感动了，到现在，她才知道，那几乎可以触摸到的忧郁和憔悴是怎么来的。一时间，她忘了自己跟这个故事的关联性，她完全忘了自己了。她眼前只有忆屏，忆屏和她凄惨的故事，忆屏和她凄惨的孩子，忆屏和她凄惨的未来。

"雪珂，我把你叫回来，让你看到故事的真实面，我不知道是做对了还是做错了。至于叶刚，我有太久没有见到他了,但是,我一直知道一些他的消息。最初,他接受过一段精神治疗,因为他差不多完全崩溃了。以后,他出去研究电脑,回来成立电脑设计及销售中心,他的事业蒸蒸日上。但是,他的感情生活,却是一片虚无。"

雪珂不语,苦恼地凝视忆屏,苦恼地思索,苦恼地倾听,忽然又把自己放进故事里来了。

"雪珂,不管你懂了没懂,不管你了解不了解。叶刚这一生,永远不可能摆脱他弟弟和他儿子的阴影了!他怎么敢结婚,他怎么敢要一个家!他怎么敢真正去爱一个女孩子!我就是被他爱的例子!他不敢!尽管他是热情的,是充满诗情画意和了解力的,他却不敢爱。有一阵,听说他流连于歌台舞榭,可是,他决不能在那种女孩子身上得到满足,他心灵上一直追求一份完美,一种雅致的、高贵的、飘逸的、性灵的美!像雨雁。可是,雨雁对他的家庭太清楚,对我也太清楚,雨雁没有让自己陷进去。而你,雪珂,我一看到你,我就知道,叶刚完了。"叶刚完了?雪珂更加苦恼地去看忆屏,心里已经相当明白了,明白得让她心悸而心痛了,但,她仍然苦恼地等待着忆屏的分析。"你,就是他要的那种女孩!他一直在追寻的那种女孩!"忆屏抬高眉毛,眼睛明亮,泪水仍然蓄在眼眶内,"如果他没真正爱上你,就是他和你两个人的幸运,你们逢场作戏一番,再彼此不受伤害地分手!如果你们真正相爱了,哦,雪珂,我不能想,我不敢想。和叶刚恋爱是不能谈未来的,如果你谈了,会要了他的命!当他必须武装自己的时候,他就会变成一只咬人的野兽,而当他咬伤你的时候，他会更重地咬伤他自己……"雪珂听不下去了，她再也听不下去了，忽然间，叶刚就像一张报纸般在她面前摊开来，上面所有的字迹，大大小小，都清清楚楚地呈现着，每个字，每条线，每个标点，都那么清楚，那么清楚！她脑中闪电般忆起那两次的争吵。闪电般忆起当自己长篇大论说要个丈夫，要一群孩子，要个家……他的眼眶也曾一度湿润，他的心也曾深深感动，但是，但是，但是……老天哪！雪珂用手抱住头，老天哪！她对叶刚做了些什么事？孩子，家庭，婚姻，儿孙绕膝！她要他给不起的东西！人生最简单、最起码该拥有，而他却给不起的东西！老天哪！自己还说过些什么？她疯狂地回想，疯狂地回想：你的恋爱是谈出来的！去掉言字旁就没有东西了！哦。叶刚，叶刚，叶刚。为什么不告诉我？为什么不告诉我？为什么让我来刺伤你？叶刚！叶刚！叶刚！她心里狂呼着这个名字，发疯般地狂呼着：叶刚！叶刚！叶刚！转过身子，她冲出那间小屋，往楼下面去。忆屏在后面喊了一句：

"慢点，还有一句话！"

雪珂站住，回过头来。

"如果你爱他，千万不要重蹈我的覆辙！你不能有孩子！不能有个正常的家！"她点点头，平静了，平静得像一湖无风的止水，"好了！你去吧！帮我把大门关好！"

她反身走回室内，立刻，她轻轻地、柔柔地、温温存存地唱起儿歌来了：

睡吧,睡吧,我可爱的宝贝!阿娘亲手,轻轻摇你睡。
静养一回,休息一回,
安安稳稳,睡在摇篮内!
……

雪珂无法再站立下去,无法再倾听下去,她开始冲下楼梯,穿过客厅,她飞奔出去。

雨雁像弹簧般跳起来,追出大门,她伸手一把抓住那茫茫然在街上乱闯的雪珂:"你要干什么?""找叶刚去!"她喊着,痛楚而激烈地喊着,"我要找叶刚去!"

第十七章

雪珂疯狂般找寻着叶刚。

他不在单身公寓里。他不在办公室。他也不在父亲家。狡兔有三窟,他一窟也不在。雨雁一直陪着雪珂,开车送她到各处去找。她们开车去阳明山,不在看灯海的地方;开车去海边山头,不在看日出的地方;开车去音乐城,不在音乐城;开车去常去的餐馆咖啡厅,不在,不在任何旧游之地。

夜来了,雨雁累得垮垮的。

"我送你回家去。"雨雁说,"这样找是毫无道理的,台北市太大了,他可以躲在任何一个角落。这样找,找三天也找不到,办公厅说他好多天都没上班了,他父亲也没看到过他,他可能离开台北,到别的地方去了。"

"不用送我回家,"雪珂下了车,"你回去吧,我一个人在街上走走。""我最好送你回去!"雨雁有些不安。

"不。我保证我很好,我想散散步。你去吧!我爸爸一定在找你了。"她把雨雁推上车子,掉头就走。

雨雁目送她消失在熙来攘往的人群里,消失在那灯火辉煌的街头上,她无奈地摇摇头,开着车子走了。

雪珂独自在街道上无目的地闲逛着,每个孤独的身影都引起她的注意。叶刚,你在哪里?叶刚,你在哪里?叶刚,你在哪里?行行重行行,穿过一条街又一条街。每遇到一个电话亭,就进去分别打三个电话,单身公寓没人接。办公厅下班了,值班职员说他不在。叶家的人答说没回来过。无论打多少电话,都是杳无音信。夜,逐渐深了,街头的霓虹灯一盏盏熄灭,她两腿已走得又酸又痛,进入最后一个电话亭,先打电话回家给裴书盈,只简短地说:

"妈,我很好,不要担心我!"

"你在哪里?"裴书盈焦灼地问。

"不要担心!妈,我很好很好,可能晚些回来,你先睡,别等我!"匆匆挂断电话,再轮流拨另外三个号码。一样。找不到人。她站在暗夜的街头,看着那些川流不息的街车,有叶刚的车子吗?有吗?"众里寻他千百度,蓦然回首,那人却在灯火阑珊处。"好美的句子,好美的意境,好美的"惊喜"!她左一次回首,右一次回首,街道还是街道,街车还是街车,街灯还是街灯。那人不在灯火阑珊处!

最后,她发现自己走进了叶刚的公寓,上了楼,她机械化地走到那间房门口,明知里面没有人,她仍然按了好几下门铃。四周静悄悄的,夜已深,大楼里的住户都重门深锁,她面前这道门也锁着,她走不进去。但是,她已经太累太累了，整个下午到晚上，她"追寻"了几千几万里！几千几万个世纪！叶刚，你在哪里？叶刚，你在哪里？叶刚，你在哪里？她用背靠在门上，身不由己地，她慢慢地滑下来，坐在门前的地毯上。用手抱住膝，她蜷缩在黑暗里，走道上有一盏小灯，刚好光线照不到这儿。她把头倚在门上，她想，我只要休息一下，在最靠近叶刚的地方休息一下。她实在太累太累了，不只身体上的疲倦，还有精神上的疲倦，不只疲倦，还有失望，越来越深的失望，越来越重的失望。叶刚，让我见你！让我见你！让我见你！心中呐喊千百度，那人不在灯火阑珊处！

时间不知道过去了多久，她居然坐在那儿睡着了。

时间不知道过去了多久，叶刚居然回来了。

当叶刚走出电梯，拿着房门钥匙，走到门口，看到雪珂时，他完全呆住了。她蜷缩在那儿，瘦瘦小小的，苍白的脸孔靠在膝上，长发披泻下来，遮着半边脸，密密的睫毛垂着，眉端轻轻蹙着，眼角湿湿的。他的心脏猛地一阵抽搐，他蹲了下去，凝视她，用手指轻轻轻轻地去抚摸她的眼角，泪水沾湿了他的手指。他闭闭眼睛，摇摇头，是幻想！他再睁开眼睛，她仍然睡在那儿，一定睡得极不舒服，她蹙着眉欠动身子，蓦地，她醒了。张开眼睛，她立刻看到叶刚的脸。做梦了，她想，对着梦中的脸笑了。梦里能看到叶刚，还是不要醒来比较好，她立即又闭上眼。泪珠沿着眼角滚下，她唇边却涌着笑，嘴里喃喃低语：

"叶刚，我好像找到你了，好像……"

叶刚心中一阵剧烈的绞痛,眼眶立刻湿了。弯下腰,他抱起雪珂,打开房门,他抱着她往房内走。这样一折腾,雪珂真的醒了。她扬起睫毛,发现自己在叶刚胳膊里,他的那对深邃如海,热烈如火,光亮如灯,漆黑如夜……像森林,像日出,像整个宇宙的眼睛正对自己痴痴凝望。她用了几秒钟的时间,想弄清楚这是真实的,还是自己在做梦?叶刚抱她入房,关上房门,开亮了吊灯。那灯光闪熠了她的眼睛,她把头侧过去躲那光线,一躲之下,她的唇触到了他肩上的衣服,她知道是真的了!顿时,千愁万恨,齐涌心头,悲从中来,一发而不可止。张开嘴,她想也不想,就对他肩头狠狠地一口咬下去,恨死他,恨死他,恨死他!咬死他!咬死他!咬死他!叶刚被她咬得身子一挺,他低头看她,泪水正疯狂地奔流在她脸上,她死命地咬住他,似乎要把他咬成碎块。他不动,心灵震痛着,眼眶涨热而潮湿着,他让她咬,让她发泄,他就是那样抱着她,目不转睛地痴望着她。她松了口,转头来看他了,想说话,呜咽而不能成声,泪水流进头发里,耳朵里……他把她放在床上,坐在床边,他凝视她,拿出一条手帕,为她细细地拭着泪痕。然后,他就蓦地拥紧了她,把她的头压在胸前,让那泪水烫伤他的五脏六腑。

她忽然推开了他,向后退缩着靠在床头上,她满脸泪痕狼藉,头发凌乱地披在胸前,沾在面颊上。她的眼睛,和泪水同时激射出来的,是火焰,能烧毁一切的火焰。水火同源。这是两口深井,两口又是火又是水的深井,叶刚心碎地看着这两口井,淹死吧,烧死吧,死也不悔,死也不悔,死也不悔。"叶刚！"她喊了出来，终于用力地喊了出来，"你这个傻瓜！你这个混蛋！为什么要把你自己变成魔鬼？为什么对我那么凶恶残忍？你不知道你在谋杀我吗？我死了对你有什么好处？你知道你毁掉我对你的印象比任何事都残忍吗？你怎么敢这么做？你怎么敢？你怎么忍心这样做？难道我对你还不够迁就，还不够认真，还不够知己吗？你有任何痛苦，你自己去承受，我连分担的资格都没有吗？你骂我，你贬低我，你侮辱我……你以为这样我就撤退了，从你生命里隐没了，你就没有牵挂，没有负担，没有责任感了吗？好！"她任性地一甩头，跳下床来，往那落地大窗冲去，"我跳楼！我死掉，看你是不是就解脱了！"她毫不造作地推开窗子，夜风扑面而来，吹起了她一头长发。她往阳台上冲去，叶刚吓坏了，扑过去，他死命抱住她，拖回床上来，她挣扎着，还要往那落地大窗跑，于是，他迅速而狂乱地把嘴唇压在她唇上。

　　片刻，他抬起头来，苦恼而热烈地盯着她，眼神里是无边无尽的凄楚和怜惜。"你怎么会在这儿？"他低哑地问，"我已经好几天没回这里了，我知道你在找我，办公厅的职员说的，他们说你打了几十个电话了。你知道吗？我回到这儿来只是想静一静，考虑我要不要打电话给你，或者是……"他深深地蹙拢眉头，"一走了之。"她惊悸地抬眼凝视他，这才发现他根本不知道她见过杜忆屏了，根本不知道他所有的底细，所有的苦衷，她都明白了。他只是从家里和办公厅里，知道她在找他，以为她是在感情上又一次的屈服，以为她不过是"委曲求全"而已。"一走了之？"她问，"你要走到哪里去?"

"美国。""哦,美国。"她点点头,"美国不是天边,美国只是个国家,现在人人可以办观光证件,去美国并不难!你以为到美国就逃开我了吗?我会追到美国去!"

他盯着她,眼睛湿润,眼珠浸在水雾中,那么深黝黝的,那么令人心动,令人心酸,令人心痛!

"雪珂!"他费力地念着这名字,"我值得吗?值得你这样爱吗?我那天说了那么多混账话以后,你还爱我吗?我值得吗?"她坐在床上,静静地看着他。好一会儿,她没说话,只是那样长长久久,痴痴迷迷地注视着他,这眼光把他看傻了,看化了。他狼狈地跳起来,去倒开水,把杯子碟子碰得叮当响,他又跑去关窗子,开冷气,弄得一屋子声音,折腾完了,他回到床边。她的眼睛连眨都没眨,继续痴痴迷迷地看着他。他崩溃了。走过去,他在床前的地毯上跪了下来,把双手伸给她,紧握住了她的手。"我不知道为什么会说那些话,"他挣扎着,祈谅地说,"我一定是疯了!我偶尔会精神失常一下,自己都不知道在做什么……""哦,你知道的,你故意说的。"雪珂轻声说,坐到床沿上,把他的脑袋捧在自己膝上,让他靠住自己。一时间,她有些迷糊,有些困扰,有些害怕……是的,害怕,她真的害怕。她想说出他的心事,她想揭穿所有谜底,但是,突然间,她害怕起来了。这么久以来,从相识到相恋,他用尽各种方法去防止她知道他的过去,甚至不带她去见他的父亲,他的家人。他宁可把自己变得那么可恶,也不肯说出自己的苦衷。他那么处心积虑地隐瞒，她能说破吗？她能吗？她正在犹豫不定中，他已经苦涩而不安地开了口："我不是故意的，我不会故意去伤害你。每次让你伤心，比让我自己伤心还痛苦一百倍！说过那些混账话，我就恨不得把自己杀了，千刀万剐地杀了！哦！"他痛楚地叹息，"雪珂，我不知道怎么办，你问我要不要你，你不了解，你不了解……我多想要你！多疯狂地想要你！生命里没有你，似乎也没什么意义了！你不了解……"

"我了解了！"她冲口而出，再也控制不住自己。真正相爱的人不能有秘密，真正相爱必须赤裸裸相对。她忘了害怕，忘了恐惧，忘了人性中，对自身缺憾的"忌讳"，她忘了很多很多东西，很多她还不能体会的，人类心灵深处的奥秘。她冲口说出来了："我都了解了，叶刚，我见过了杜忆屏。"

他大大一震，立刻抬起头来，他的脸色顿时变成灰色，他的身子僵住了，眼光僵住了，脸上的肌肉僵住了……他坐在地毯上，直视着她，整个人都成了"化石"。

她有些心慌了，握住他的手，他的手也像石头般僵硬，所有的肌肉都绷得紧紧的。她急促地去摸索他的手指，急促地去摸他的头发，急促地去摸他的面颊，急促地一口气地说："我不在乎，我什么都不在乎。你懂吗？叶刚，我知道你怕什么了，我知道这些日子来，你是怎么又矛盾又痛苦地活着了！叶刚，你听我说。没关系，什么都没关系，你还是有资格恋爱，你还是有资格结婚的！你所怕的事，是我们每个人都会怕的。但是，可以不要孩子，可以不生的，不管医生怎么说，只要抱定不生孩子，就什么问题都没有了，是不是？

叶刚？叶刚！叶刚！叶刚！"她焦灼起来，摇他的手，摇他的肩膀，摇他，拼命地摇他，"你听我说，叶刚，我爱你，我要跟你生活在一起！我不会重蹈杜忆屏的覆辙……"

叶刚忽然跳起来了，他凶暴地拂开她的手，他一下子就暴跳起来了，他的眼白涨成了红色，他的脸孔像死人一样煞白煞白，他的嘴唇也毫无血色，他抓住了她的胳膊，用力地，狂猛地，把她从床上直拎了起来，他咬牙切齿，悲愤万状地喊了出来："你为什么要去见她？你为什么一定要撕开我的皮，去研究我的骨骼？谁给了你这个权利？谁允许你这样做？你掀开了我所有的保护色！你见到了我最不能面对人生的一面！老天！"他仰天狂叫，"这是爱吗？这是爱吗？这是爱吗？你还敢说你爱我吗？""哦，我爱的！我爱的！我爱的！"她一迭连声地嚷出来，吓坏了，吓呆了。而且，后悔万分了。不该说穿的！不该说穿的！原来，他这么怕这件事！原来，他所受的打击和创伤有这么重！她慌乱地去抱他，去触摸他，去吻他，去拉他，嘴里急急切切地喊着："不要怀疑我，如果不是太爱你，我不会去追究！可是，我说了我不在乎的，我不会为了这个而轻视你！我不会的……""可是，我会的！"他大叫，对着她的脸大叫，他的眼珠突了出来，声音像爆竹般炸开，每个炸裂中都迸着痛楚和绝望，"我会在乎！我会轻视我自己！你不懂吗？"他用力推开她，把她推倒在床上。他绕室行走，像只被关在笼子里的困兽，他用手扯自己的头发，跺着脚暴跳。"现在你知道了，现在你什么都知道了！我不是反婚姻，我是没有资格谈婚姻！没有资格爱，没有资格生活，没有资格要一个家！我努力伪装的自尊，我努力伪装的正常，都没有了！你把我的皮全剥掉了！你，你，你！"他停在雪珂面前，目眦尽裂，"你为什么要拆穿我？你为什么要拆穿我？你为什么不放弃我？你为什么要这样做……"他的声音哑了，绝望和悲痛扭曲了他整个脸孔。

雪珂完全傻住了。"我说了我不在乎，"她只会重复讲这句话，"我保证不在乎，真的！真的！叶刚！你试我，你试我，我不在乎！我要嫁给你，我要跟你一起生活……"

"住口！"他大喊，"你怎能嫁给我？你要一个温暖的家，你要很多孩子，你要子孙满堂……你能不能想象满堂子孙，倒吊着眼睛，吐着舌头，像肉虫子般爬在你面前……"

"别这样说！"雪珂尖叫，用双手蒙住耳朵。

"哈哈哈哈！"叶刚仰头狂笑，泪水从那大大的、男性的、坚强的眼睛里滚落了出来，"你受不了！我只是说一说，你已经受不了！你，一脑子诗词，一脑子文学。现在你该知道，不是诗，不是文学，不是艺术！有人生下来就注定是丑陋的，岂止丑陋，而且残忍，谈什么今生，谈什么来世！哦，不美不美！一点都不美！这是最最残忍的事！雪珂，你怎会不在乎，我在乎！事实上，你也在乎的！你是这么母性又这么温柔的，你是这么热情又这么善良的！你是这么美丽又这么优秀的！你是这么文雅又这么高贵的……你是所有优点的集中，你让我爱得发疯发狂！可是，我不能毁你！我曾经毁过一个女孩！一个也像你这样优秀的女孩，我再也不毁第二个！雪珂，你知道吗？"他提高了声音，声音中在滴血，"上帝给你生命,是叫你延续的!上帝给我生命,是叫我断绝的!我没有未来!你才有未来!我已经后悔过千遍万遍,不该招惹你,不该爱你,不该放任我的感情,我恨自己,恨死自己,为什么居然做不到不去爱你!不去接近你!哦,雪珂。你现在知道了,我不是个人,我是个恐怖的动物……"

"叶刚!"雪珂再尖叫,泪水也夺眶而出,"你不能这样想,你不是的,你也是优秀又美好的……"

"闭嘴!"他再喊,"不要对我用优秀和美好这种词!这种词会像刀子一样刺到我心里去!我跟你说!我什么都不是!你只要看过那个孩子,你就会知道,那孩子,只有半个脑袋,垂吊着眼睛,吐着舌头,一辈子不会说话,不会长大……"他用双手恐怖地抱住了自己的头,闭紧了眼睛,似乎努力要摆脱那记忆。但是,他摆脱不了,跳起身子,他抱着头满屋子跌跌撞撞地冲着。雪珂跳下床来,惊慌而痛楚万状地去抓他的手,哭着喊:"不要这样!不要想了,不要想了!"

"别碰我!"他厉声大叫,"永远不要碰我!永远不要碰我!永远不要碰我!"他推开她,忽然间,像个野兽要找出路一样,冲到房门边,打开大门,他往外冲去。雪珂跟在后面,哭着追出去,哭着喊着:"叶刚!你去哪里?叶刚!你去哪里?""逃开你!"他头也不回地喊着,"逃开你!"

他冲进了电梯。她追进另一架电梯。

他从电梯里出来,奔向大街,她哭着在后面追,叶刚冲到大街上,立刻,他钻进了他的车子,她在后面哭着叫:

"叶刚!回来!叶刚!不要!"

车子"嗯"的一声发动了,箭似的冲向那暗夜的街道,雪珂站在马路边,满脸的泪,张大眼睛,瞪视着那像醉酒般在街道上 S 状横冲直撞的车子,她徒劳地喊着:

"小心……小心……叶刚!叶……叶……"

她的声音僵在夜空中,她眼看对面开来了辆载满货物的十轮大卡车,那卡车有一对像火炬般的眼睛,正飞快地从对面驶过来。叶刚那醉酒的小车子,就迎着那辆大卡车,不偏不倚地撞上去。"叶——刚!"她的声音和那车子的破裂声同时在夜色里凄厉地狂鸣着。她觉得自己的声音,已经喊到了太空以外。而叶刚那辆小车,就像一堆积木一样,在她眼前碎裂,碎裂,碎裂……碎裂开来。她闭住了嘴,不再喊叫,双腿软软地跪下去,她低语了一句:"叶刚,经过了那么多打击,你最后却被我杀了。"

她倒下去,什么意识都没有了。

第十八章

叶刚死了。叶刚死了。叶刚死了。雪珂坐在床上，拥着被，呆呆地望着窗子。窗外在下雨，是冬天了。总不记得叶刚撞车出事是什么季节的事了，时间混淆着，好像是昨天，好像已经是几百年了。总之，现在在下雨，玻璃窗上，细碎的雨点聚集成一颗颗的大水珠，然后就滑落下去，滑落下去，滑落到下面的泥土上，再渗入泥土，地下水就这样来的。有一天，地下水会流入小溪，小溪流入大河，大河流入大海，水汽上升，冷凝而又成雨。周而复始，雨也有它的轨迹，从有到没有，从没有到有。人的轨迹在哪儿？你不想来的时候就来了，莫名其妙就走了，死亡就是终站，不再重生！不再重生！

她用手抱着膝，把下巴放在膝上，就这样呆呆坐着，呆呆想着。客厅里，传来父母的争执声，原来，徐远航来了，怪不得母亲不在身边。"书盈，你必须理智一点，"父亲的声音里带着无可奈何,"半年了!任何打击,在半年中都可以治好了。但是,她一点起色都没有,还是这样不吃不喝不笑不说话也不哭!你能让她哭一场也好!她连哭都不哭!我跟你说,你不要舍不得,她必须送医院接受治疗!""不。"裴书盈的语气坚决,"她是我的女儿,你让我来管。我不送她去医院,不送去接受精神治疗,她并没有疯,她只是需要时间来恢复,需要时间来养好她的伤口。你没有天天陪着她,你看不出她的进步。事情刚发生的时候,她完全听不到,完全看不到,现在,她已经能听、能看、能感觉,也会对我说抱歉……她在好起来,在一天一天地好起来,像个冬眠的动物,从出事那天起,她就让自己睡着,现在,她已经慢慢地醒过来了。哦,远航,二十几年以来,你付给雪珂的时间不多,现在,你不要再逼我,你让我陪她度过这段痛苦时间,好吗?""你在怪我吗?"徐远航问,"你不知道我也爱她吗?你不知道我在害怕吗?我怕她从此就变成这样子,一辈子坐在床上发呆!""不!她会好起来!"裴书盈坚决地说。

"书盈,现代的医生已经可以治疗精神上的打击了!你的固执会害了她!""我不会害她!她正在醒过来,总有一天,她会完全渡过难关的!""总有一天是哪一天?"徐远航有些急怒,"你瞧,叶刚已经……""嘘!"裴书盈急声"嘘"着,阻止徐远航说出叶刚的名字,这一"嘘",把徐远航下面的话也嘘掉了。

叶刚。雪珂坐在床上,听着门外的争吵。叶刚,她想着这名字,一遍又一遍地想着,像风中的回音,叶刚,叶刚,叶刚。叶刚死了。她把头埋进膝中,闭上眼睛,静静地坐着。静静地体会着这件事实:花会谢会开,春会去会来,芦苇每年茂盛,竹子终岁长青。太阳会落会升,潮水会退会涨,灯光会熄会亮……人死了永不复活!她很费力地,一天又一天,一月又一月,在用全身心去体会什么叫生命的终止。事实上,她的思想始终在活动,只是,她的意志在沉睡,她不太愿意醒过来,因为,叶刚死了,死去的不会再醒来了。

冬天过去了,春天又来了。

雪珂的意志仍然在沉睡着。徐远航变得几乎天天来了。每天来催促裴书盈送雪珂去医院,每天两人都要发生争执。裴书盈的信心动摇了,态度软化了,看到雪珂不言不语不哭不笑,她知道这孩子的伤口还在滴血,她恨不能代她痛苦,代她承受一切。但是,不行。生命的奇怪就在这里,每个生命要去面对属于他自己的一切:美的,不美的,好的,不好的。

或者,雪珂的下半辈子会在精神疗养院里度过。想到这儿,裴书盈就心惊肉跳而冷汗涔涔了。那么,她就不如当初和叶刚一起撞车死掉还好些。她每天每天看着雪珂,心里几千几万次呼唤:醒来吧!雪珂!醒来吧!雪珂!

这样,有一天,忽然有个人出现在裴书盈面前,一身军装,官阶少尉,被太阳晒得乌漆麻黑,一副近视眼镜,长腿长脚……那久已不见的唐万里!别来无恙的唐万里!"我好不容易,才被调到台北来,"唐万里急切地说,"再过半年,我就退役了,学校把我们的资历送到各有关机关,华视要用

169

我去主持一个综艺节目,信吗?好了,伯母,从今天起,我可以在下班后天天来看雪珂了。她不是你一个人的负担了。"他收起笑容,正色道,"我给她的信,我相信她看都没看!她还是老样子吗?"

裴书盈含泪点头。在叶刚出事后的一个月内,唐万里曾经两度请假,千辛万苦跑回台北,那时,雪珂正在最严重的阶段,她对任何人都视而不见,唐万里只为她办好一件大家都忽略的事:去学校帮她办了一年休学手续。他说:

"不能丢掉她的学籍,等她好了的时候,她还需要用她所学的,去面对这个社会,去觉得她自己是个有用的人!"

现在,唐万里终于回来了。

裴书盈看看卧室的门,示意叫他进去。

唐万里毫不迟疑地推开门,大踏步地走了进去。雪珂正坐在床上,拥着棉被发怔,她的头发被母亲梳理得很整齐,面颊洁白如玉,双眸漆黑如夜。她在沉思着什么,或者在倾听着什么。唐万里瞪着她,不相信她没有听到自己在客厅说话的声音。"雪珂!"他喊。她回头看他。唐万里心脏怦然一跳,她进步太多太多了。她听见他叫她了!她知道"名字"的意义了!她能思想,能看也能听了。只是,她的意志还在抗拒"苏醒"。

他走过去,坐在床边,推了推眼镜片,他认真地、仔细地看到她的眼睛深处去,灵魂深处去。"很好,雪珂!"他点点头说,"你认得我,对不对?唐万里,七四七,那个在游泳池边救你的人!不要转开眼睛,看着我!"他用手捉住她的下巴,那下巴瘦得尖尖的,他强迫她的脸面对着自己,看着这张小小的脸庞,看着这张瘦弱的脸庞,想着那挺立在阳光下,绽放着青春的光彩的女孩……他忽然间生气了,非常非常地生气了,他扬着眉毛,不假思索地,他对着这"半睡眠状态"的脸孔大声叫了起来:

"裴雪珂!你还不醒过来,你要干什么?让你父母把你送到精神病院去吗?你看过所谓的畸形儿,你看过痴呆症,而你,也想加入他们,去当一个'植物人'吗?"

雪珂一听到"畸形儿""痴呆症""植物人"等名词,她就尖叫了起来,一面尖叫着,一面想推开唐万里。嘴里乱七八糟地嚷着:"不不不,不要说!不要说!"

裴书盈冲进房来,站在门口,她紧张地望着室内。

唐万里用双手压住雪珂挥动的手,他激动地、更大声地、一句一句地对她继续吼着:

"你这样坐在床上,一坐半年多,像个废物!你怎么能对你母亲这么狠心?她只是生了你,就该欠你一辈子债,服侍你一辈子吗?你又不缺胳膊又不缺腿,你真比一个畸形儿好不了多少!你给我醒过来!醒过来!醒过来!"他疯狂地摇撼她,摇完了,又面对她,"听着!雪珂!叶刚已经死了!已经死了!他的人生已经结束了。但是,你的人生还没有!你知道叶刚为什么会死吗?因为他已经生不如死了,他活着一天,就会爱你一天,这种爱变成他刻骨铭心的折磨,他不能给你幸福,又无法抛开你,他爱你,又恐惧害你!他不见你,会疯狂地想你,见了你,又疯狂地想逃开你……这种矛盾,这种折磨,使他不如去死,不如去死!你懂了吗?你懂了吗?"他狂烈地叫着,"当一个男人,面对自己的爱人,而他没有力量去保护,没有力量去给予,也没有力量去拥有,更没有力量去计划未来……哦,这男人的生命就已经结束了!所以,雪珂,你没有杀死他,他早就死了!在遇到你以前,他已经死过一次了。遇到你以后,他不过是再死一次!这对他可能是最仁慈的事!死亡是一种结束,懂吗?它结束了一个悲剧,就是最仁慈的事了!想想看,他跟你在一起的时候,有过欢乐吗?他一直在痛苦中,现在,他不会痛苦了,再也不会痛苦了。雪珂,我告诉你,当他开着车子横冲直撞的时候,我打赌他已经不是活人了!你懂了没有?懂了没有?"他又拼命地摇撼她,摇得她头发都乱了。然后,他盯着她看,她坐在那儿,眼睛睁得大大的,眼珠轻轻地转动着,每转一下,就湿一分,每转一下,就润一分。半年以来,她没哭过,现在,眼泪却在她眼眶中转动着了。

"听着!"唐万里继续对她吼叫,"叶刚死了,你没有道理跟着他死!你现在这样坐在这里,像个活尸!你在折磨你父母!折磨我!老天!我唐万里倒了十八辈子霉,会遇到你!难道你给我吃的苦还不够!难道我也该了你,欠了你!难道你也忍心让我死掉!如果你再这样下去,让我看着心痛,想着心痛……我不如也死掉算了!大家都去死吧!集体自杀吧!你安心让我们都不能活!"他跳起来,夸张地转头,四面找寻,"刀子呢?拿把刀子来!拿把刀子来!我唐万里反正栽了!爱一个女孩把自己爱得这么惨,她坐在那儿视而不见！我还有什么分量？还有什么力量？她心目里只有另外一个名字，我活着也不如死了！谁叫我这样发疯地去爱她啊？谁教我这样傻这样呆啊？雪珂！"他站定在床前，终于剧力万钧地喊了出来，"千言万语，只有一句话！你给我醒过来！醒过来跟我一起去面对人生，面对未来！因为我爱你，我要你，我离不开你！我不能让人把你送到疗养院里去！你给我醒来！醒来！醒来！"雪珂仰脸看他，脸上逐渐有了表情，呼吸逐渐急促，眼眶逐渐湿润……终于，她张开嘴，"哇"的一声痛哭失声，她哭着扑进唐万里怀里，这是叶刚死后她第一次哭，她抱着唐万里的腰，边哭边喊："唐万里，唐万里，唐万里……"

她反复叫着唐万里的名字。唐万里紧紧拥抱着她，眼泪也掉下来了。站在一边的裴书盈，眼泪也掉下来了。但是，这一刻是美好的，生命的复苏往往就需要几滴水珠。唐万里吻着她的头发，吻着她湿湿的面颊："哭吧！雪珂。"他喃喃地说："让我陪你一起哭。哭够了，让我陪你一起面对以后的日子。路还那么长，我们要一起去走，一起去走！"

第二年暑假，雪珂补修完了她大四的课程，终于毕业了。

考完最后一门课，她知道学业已经完成了。那天，唐万里不能到学校来陪她，他正在电视公司，录制一个大型综艺节目，唐万里自己，也在节目中自弹自唱。所以，一考完试，雪珂就赶到了电视台摄影棚。整个摄影棚爆满，台上台下都是人。唐万里在台上忙着，看到她，他给了她一个深深的注视，用口型说了三个字："我爱你。"没人看到，没人听到，除了她。她退到来宾席，找了个位子悄悄坐下。看着舞台上打灯光，于是，忽然间，她惊讶地发现，阿文、阿光、阿礼都来了。他们"巨龙"合唱团又聚在一起了。灯光打好，干冰的效果涌了出来，巨龙站在舞台正中，唱了一首久违了的《阳光与小雨点》。观众席上掌声雷动，唐万里对大家弯腰，掌声更响了，然后，他说："唱完了老歌，让我为大家唱一首新歌。"

　　灯光全暗。然后，一盏灯出现了，两盏灯出现了，三盏灯出现了……无数无数的灯出现了，舞台成了灯海，闪烁着点点光芒。唐万里就站在灯里夜里灯海里，开始唱一支歌：

> 灯光点点，闪闪烁烁，
> 盏盏灯下，有你有我，
> 昨夜之灯，照亮过去，
> 今夜之灯，伴我高歌，
> 明日之灯，辉煌未来，
> 后日之灯，除我坎坷！
> 灯光万点，闪闪烁烁，
> 盏盏灯下，有你有我，
> 且把灯光，穿成一串，
> 过去未来，何等灿烂！
> 且把灯光，穿成一串，
> 过去未来，何等灿烂！

他唱完了，对观众点首为礼，大家疯狂地鼓着掌。那些道具灯一闪一闪地亮着，一串一串地亮着，一盏一盏地亮着……雪珂的眼光停在唐万里的身上，他也是一盏灯，一盏发亮的灯。唐万里走下台来了。雪珂情不自禁地迎上前去，伸手给他，紧紧地握住了他的手。他们相对凝视，都带着种虔诚的心情。灯，他们在彼此眼底深深体会到灯的意义，他们都是灯，万千灯海中的两盏小灯，彼此辉耀着对方，彼此照亮了对方，彼此温暖着对方。灯，永不熄灭的灯。每一盏灯后，有一个故事。

灯，永不熄灭的灯。人生，就是由这些灯组成的。

灯，永不熄灭的灯。由过去到未来，永远在亮着，永远，永远，永远——

——全书完——

一九八一年十一月卅日夜初稿完稿于台北可园
一九八二年三月一日深夜初稿修正于台北可园
一九八二年三月五日午后再度修正于台北可园

（京权）图字：01-2024-1724

图书在版编目（CIP）数据

昨夜之灯 / 琼瑶著. -- 北京：作家出版社，2024.10
（琼瑶作品大合集）
ISBN 978-7-5212-2887-8

Ⅰ. ①昨…　Ⅱ. ①琼…　Ⅲ. ①长篇小说-中国-当代
Ⅳ. ①I247.5

中国国家版本馆CIP数据核字（2024）第098111号

版权所有 © 琼瑶

本书版权经由可人娱乐国际有限公司授权作家出版社出版简体中文版

非经书面同意，不得以任何形式任意重制、转载。

昨夜之灯

作　　者：	琼　瑶
责任编辑：	张　平
装帧设计：	棱角视觉　纸方程·于文妍
出版发行：	作家出版社有限公司
社　　址：	北京农展馆南里10号　　邮　编：100125
电话传真：	86-10-65067186（发行中心）
	86-10-65004079（总编室）
E-mail：	zuojia@zuojia.net.cn
http://	www.zuojiachubanshe.com
印　　刷：	北京盛通印刷股份有限公司
成品尺寸：	142×210
字　　数：	115千
印　　张：	5.5
版　　次：	2024年10月第1版
印　　次：	2024年10月第1次印刷
ISBN	978-7-5212-2887-8
定　　价：	28.00元

作家版图书，版权所有，侵权必究。
作家版图书，印装错误可随时退换。

品琼瑶经典

忆匆匆那年